歴史人物ツアーガイド

誰もが知ってて知らない

紫式部と平安京の有名人

三猿舎

TOKYO NEWS BOOKS

歴史人物ツアーガイド

誰もが知ってて知らない 紫式部と平安京の有名人103

―目次

本書の視点

人物でたどる平安時代史

世界最初の長編小説ともいわれる『源氏物語』の筆者である紫式部は、平安時代中期の下級官僚で漢詩人でもあった藤原為時の娘です。紫式部が生きた時代は、平安時代のなかでも藤原氏が摂政・関白となって政治を支配していた時代で、当時の国家体制を「王朝国家」とも呼びます。平安時代の前半は、飛鳥・奈良時代以来の法律である律令に基づく国家体制、すなわち「律令国家」と呼ばれています。紫式部が生きたのは、平安中期以降の王朝国家の時代でした。

紫式部とその時代背景を理解するためには、律令国家から王朝国家へと変容し、さらに武士が活躍する中世へとつながっていく時代の流れをつかむ必要があります。そのため、本書では紫式部の同時代だけではなく、平安時代全体に目を向け、武士の時代を象徴する源氏や平氏といった「武家の棟梁」と呼ばれる人々以外の、いわゆる平安貴族やその周辺人物を取り上げることにしました。

本書では、まず紫式部の生涯について紹介し、さらに紫式部と関係の深い人物を中心に、律令国家から王朝国家へと続く平安時代の代表的な人物を紹介します。まず第1部では紫式部の家族を紹介します。第2部では平安時代の歴代天皇と親王・后・皇子を取り上げます。第3部では平安時代の主な藤原氏の貴族について解説。第4部では紫式部とも縁が深く、藤原摂関政治の絶頂期を築いたとされる藤原道長をめぐる女性たちに触れます。そして第5部では、第4部までのカテゴリーには入らないけれど、平安時代に大きな足跡を残した人々が登場します。安倍晴明や清少納言といった、紫式部とゆかりのある同時代人もここに含まれています。

本書は平安時代の人物列伝の形をとっていますが、全体を通して紫式部が生きた平安時代の実像が把握できるようになっています。まずは紫式部の生涯をたどっていただき、あとはどの人物からお読みいただいても結構です。本書を通じて、ぜひ紫式部と平安時代をもっと身近に感じてください。

現在の京都御所 紫宸殿（京都市上京区）

スペシャルインタビュー

平安時代的なものこそ日本の基本です

倉本一宏（国際日本文化研究センター教授）

平安時代は腐敗した貴族たちが政治を独占した時代で、やがて土地や生産に根差した武士によって滅ぼされた——こうした根深い誤解はなぜ生まれたのか。なぜ平安時代はネガティブなイメージで語られ、武士たちが政権を担ってきた時代が肯定的に描かれるのか。古代史研究の第一人者でNHK大河ドラマ「光る君へ」の時代考証を担当する倉本一宏氏に、平安時代や平安貴族の歴史的な位置付けと評価について聞いた。

くらもと・かずひろ。1958年生まれ。東京大学大学院博士課程単位取得退学。博士（文学、東京大学）。専門は日本古代史、古記録学。主な著書に『一条天皇』（吉川弘文館）、『藤原氏』（中公新書）、『増補版 藤原道長の権力と欲望』（文春新書）、『紫式部と藤原道長』（講談社現代新書）、『平安貴族とは何か』（NHK出版新書）など。現代語訳に『御堂関白記』『権記』（講談社学術文庫）、『小右記』（吉川弘文館）がある。

戦争のない平安時代

飛鳥《あすか》時代の天智《てんじ》２（６６３）年に起きた白村江《はくそんこう》の戦い以後、日本は長らく対外戦争をしておりません。奈良時代の天平宝字《てんぴょうほうじ》３（７５９）年には、朝鮮半島の新羅《しんら》が日本の使節に無礼を働いたとして、時の最高権力者の藤原仲《ふじわらのなか》麻《ま》呂《ろ》が新羅への出兵を計画するなど、それなりに対外的な緊張関係はありました。しかし、平安時代に入ると、海外に攻め込もうという発想自体がなくなったように

平安京の復元模型（京都市歴史資料館蔵）

思われます。

次に日本の支配層が海外に攻め込もうと計画したのは、鎌倉時代の後半になってから。最初のモンゴル襲来である文永《ぶんえい》11（1274）年の文永の役《えき》の後、鎌倉幕府は朝鮮半島の高麗《こうらい》に出兵しようという計画を立てます。仲麻呂の新羅征討計画から500年以上、日本は海外を攻めようとはしなかったわけです。

外国から攻められる危険はあったのか。平安時代には数回、新羅の海賊が九州北部を侵す事件もありましたが、それが国家間の戦争につながることはありませんでした。寛仁3（1019）年には、中国北方の女真《じょしん》族が九州に侵攻した刀伊《とい》の入寇《にゅうこう》という事件が降って湧いたように起きますが、これもすぐに鎮圧され、以後、対外戦争の危機が叫ばれることはありませんでした。当時、日本は

国家間の正式な外交も積極的にはしていませんでした。積極的孤立主義ともいわれますが、この時代の日本は外国と積極的な関わりを持たないことで、平和を保とうとしていたのだと思います。

内戦についても、朝廷による蝦夷《えみし》との戦い以降、軍隊同士が戦った大規模な戦争は、天慶《てんぎょう》2（939）年に起きた天慶の乱（平将門《たいらのまさかど》の乱と藤原純友《すみとも》の乱）まで、ほとんどありません。その天慶の乱も、私はかなり小規模な戦いであったと思っています。のちの治承《じしょう》・寿永《じゅえい》の乱（源平合戦）のような大規模な戦いでは決してなかったと思われます。平安後期になると、東国では長元《ちょうげん》元（1028）年の平忠常《ただつね》の乱のように、国府が襲われる事件はありましたが、どれも短期間で鎮圧されています。その後は永承《えいしょう》6（1051）年の前九年の役まで、大きな戦乱はありませんでした。

「武家の棟梁」と呼ばれた河内《かわち》源氏が東北地方の安倍《あべ》氏、清原氏を滅ぼした前九年・後三年の役も、あくまでも地方で起きた局地的な騒乱ですから、国内の諸勢力を巻き込んだ内乱ではありません。

つまり、平安時代は対外戦争も内戦もほとんどなく、突発的な騒乱が起きても短期間で鎮圧されるという状況でしたので、「平和」というものが日常的な生活の基盤としてあったと思います。

武士が支配した日本

古代史研究においては、701年の大宝律令制以後、8世紀から9世紀にかけての国家体制を、当時の基本法典である律令からとって「律令国家」と呼びます。一方、律令国家を日本的に修正してから中世に至るまでの10世紀から12世紀ごろまでの間の国家体制は、「王朝国家」と呼ばれています。律令制度の本質は、どうやって兵と兵糧を集めるかという制度ですから、律令国家はあくまでも中央集権的な軍事国家です。その律令国家を放棄して王朝国家になってからは、戦争を基本とするような国家ではなくなります。律令国家は莫大な数の兵力を必要とし、現実には納めるのが不可能なほど高い租税を設定した「理念先行」の租税制度でした。一方、王朝国家となると、

モンゴルの襲来と武士の奮戦を描いた『蒙古襲来絵巻』（国立国会図書館蔵）

軍隊は地方の役所が抱えるわずかな国衙《こくが》軍に縮小し、租税も縮小します。しかし、理念先行ではなく確実に租税を徴収するようになりますので、王朝国家は律令国家に比べると豊かになったと考えられています。もちろん、国防費の負担が大幅に削減したのも、豊かさの大きな要因でしょう。

　平清盛政権以降、つまり鎌倉時代から明治維新に至るまで、日本では武家政権が続いたとされています。武家政権の本質は軍事政権です。これは世界史的に見て類を見ない現象です。同じ東アジアに目を向けると、中国でも朝鮮半島諸国でも儒教が生活の基本に置かれているので、文治を重んじて軍や兵は軽んじられています。むしろ蔑《さげす》まれていると言った方がよい。にもかかわらず、日本では武家政権が何百年も続いた。これはかなり特殊な歴史だと思った方がよいでしょう。

　ところがこれは必ずしも事実ではありません。私は所属する国際日本文化研究センターで「貴族とは何か、武士とは何か」という共同研究を進めているのですが、武家政権の内実はかなり異なります。武士が政権をとっても、すぐに彼らは貴族化し始めます。平氏も源氏も、足利将軍も、そして徳川将軍家も同じです。上層の武士は貴族化し、下層武士は官僚化する。それが武家政権の実態なのです。特に江戸時代はそれが顕著です。戦闘員と官僚とは本来別の職業だったのですが、江戸時代になって戦いがなくなると、武士が官僚となります。江戸時代の武士は戦闘員ではなく官僚なのです。それがおそらく、日本の武家政権の顕著な特徴なのです。

近代日本と武士道

ところが外国から見ると、「日本は戦闘員である『侍』が何百年も政権を担当してきた、なんと野蛮な国だろう」ということになる。これは、日本に対する誤解のもっとも大きなものだと思います。その誤解は解いておくべきでしょう。実際には武士が政権をとっても、すぐに貴族化したと見るほうが正しい理解だと思います。平安貴族の政治形態がずっと続いてきたわけです。それを明治政府が国民皆兵にすることで、全部覆してしまった。それまで、戦闘を行うのは武士階級だけでした。農民や商人は、税は払うけれど戦わなくてよかった。明治政府はそれらすべてを兵隊にしてアジア侵略に駆り出したわけです。しかも、戦争がなくなった江戸時代に作られた武士道という机上の空論を、帝国陸海軍に植え付けたわけです。これは近代日本の悲劇と言えるでしょう。そして、その過程で、国や主君のために戦う武士は立派な存在であり、その武士に乗り越えられた貴族は悪い人たちだというイメージが確固たるものとなりました。

例えば、人殺しの道具である刀は「武士の魂」などといわれ、それを絶えず身に帯びることが武士の存在証明だったというイメージがあります。本当に常に帯刀していたかどうかは分かりませんが、武士はそういう存在として語られてきました。しかし、平安時代の都で刀を持ち歩いていたら、現代の日本と同様に処罰の対象となります。もともとこの国はそういう平和な国だったのです。平安時代に武士は発生しましたが、まだこの時代は源氏、平氏、それから藤原氏などの由緒正しい武士ばかりで全体の数も限られていました。ところが江戸時代の武士といえば、野侍の末裔《まつえい》のような人も含めて膨大な数になりました。だから、武士を評価して平安貴族を否定するという流れは、すでに江戸時代にはできていたわけです。

明治維新を成し遂げたのは、ほとんどが下級武士ですから、彼らはその流れを継承し、さらに富国強兵のために武士道を利用した。彼らがつくり上げた明治国家は、1945年の敗戦により否定されます。しかし、戦後の歴史学はマルクス主義史観が席巻します。マルクス主義史観

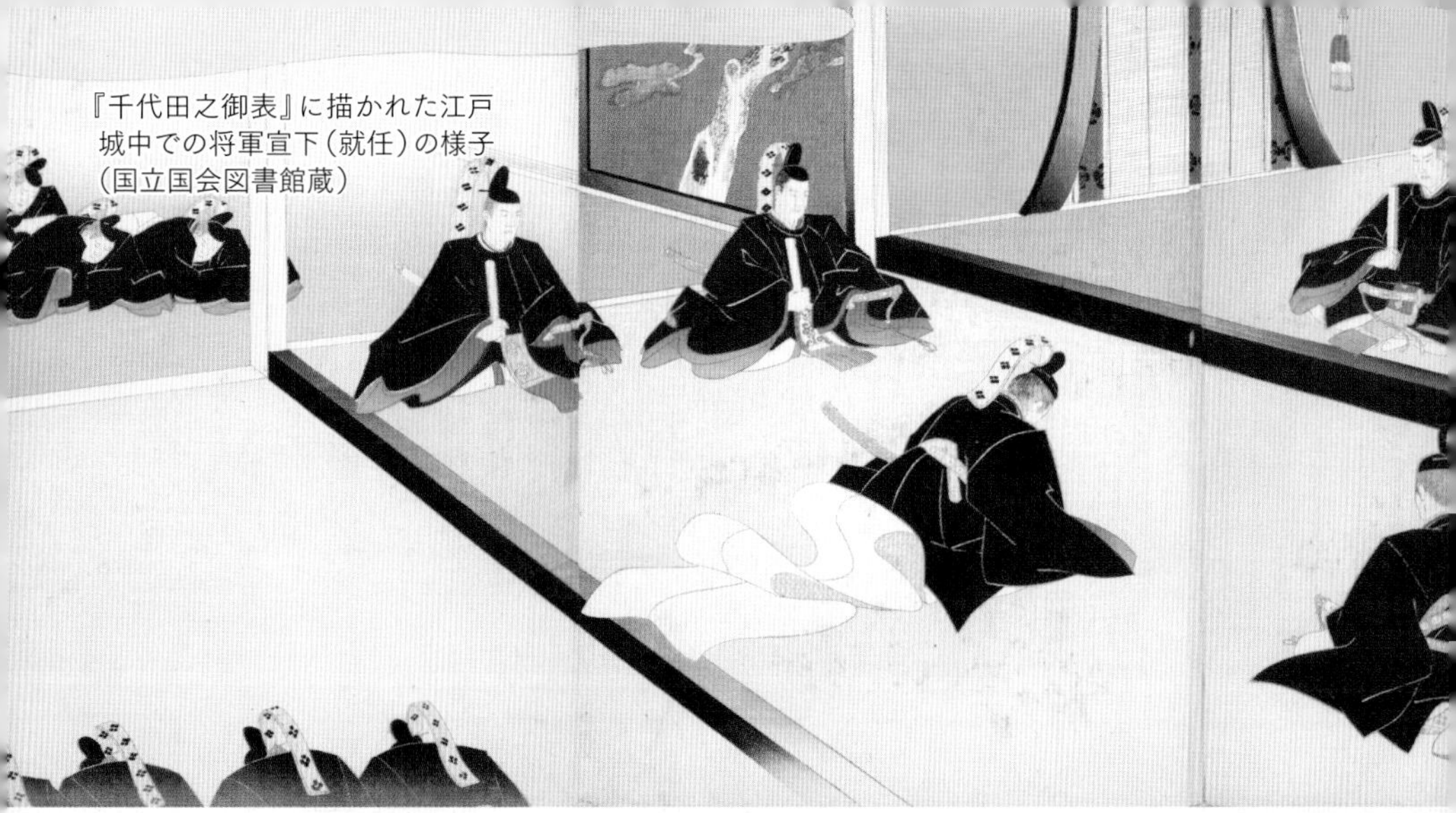

『千代田之御表』に描かれた江戸城中での将軍宣下（就任）の様子（国立国会図書館蔵）

は発展段階論をとりますから、やはり堕落した悪い貴族を、草深い関東の大地から起こった武士がやっつけるのが歴史の必然だったという歴史像を描いてしまう。こうした歴史観、歴史像は、つい最近まで歴史学の基調としてありました。１９８０年代くらいから、徐々に武士についての研究が深まってきて、そういう単純な武士像や平安時代観は研究者レベルではだいぶ改まってきましたが、それが一般にまで浸透したとは、到底思えません。

平安時代と日本の未来

ですから、現代を生きるわれわれは、歪《ゆが》められた歴史像を改めて、平安時代的なものこそ、わが国の基本だということを理解する必要があると思います。そうすることで、武士道というフィクションによって鼓吹された戦争への道を避けることができるのではないか。それが、私が考える平安時代の姿なのです。

ＮＨＫ大河ドラマでも、これまで平安時代は何度か取り上げられましたが、主人公は平将門や源義経、あるいは奥州藤原氏のような武士ばかりでした。その意味で、２０２４年の「光る君へ」は画期的な作品になるかもしれません。平安時代や平安貴族についてのイメージが少しでも変わってゆくことを期待したいと思います。

それは過去を正しく理解するというだけでなく、この国の現在の姿を、そして将来の姿をも正しく把握し、少しでも良い方向に向かうきっかけになるかもしれません。

エピソード満載！

紫式部ってどんな人？

『源氏物語』の作者・紫式部の生涯を11のライフイベントに分けて紹介。生い立ちから結婚、宮中への出仕、『源氏物語』や『紫式部日記』の執筆、謎に包まれた晩年までをたどる。

1 中級貴族の娘として誕生

紫式部といえば、世界初の長編小説とも称される『源氏物語』の作者として、あまりにも有名だ。また、のちに百人一首にも取り上げられる歌人という側面もあり、式部が宮廷に仕えていたときに書いたとされる『紫式部日記』（※後世の通称）は、当時の習俗などをうかがい知ることができる非常に重要な史料となっている。

そんな紫式部だが、その名はもちろん本名ではなく、その生涯、とくに晩年は謎も多い。当時の女性は、その存在自体からして記録に残されることが少ないからだ。式部の場合、自身の宮仕えの記録とされる『紫式部日記』や自身の歌集『紫式部集』などがあるため、それまでの期間はある程度追うことができる。

式部の生年は天禄元《てんろく》（970）年～天延元《てんえん》（973）年ごろとされている。父の藤原為時《ためとき》は、ときの円融《えんゆう》天皇やその跡を継いだ花山《かざん》天皇のもとで文章生（漢文で歴史などを書き留める役人）として活躍し、980年代には式部丞《しきぶのじょう》という役職についている。彼女の式部という通り名

石山寺に参籠した紫式部（錦絵『源氏後集余情発端』より。国立国会図書館蔵）

は、これに由来する。式部丞とは、朝廷の人事や役人の養成を担う式部省の三番手の上級職（上から卿《かみ》、輔《すけ》、丞《じょう》、録《さかん》）で、為時はさらに天皇の秘書官である蔵人《くろうど》も兼任した。

　この時代の習わしとして、貴族の結婚は男性が女性の家に通う妻問婚《つまどいこん》（通い婚）が基本であった。女性は男性の前に簡単には姿を見せず、それを見たいがために男性はこぞって恋文を書き、必死に口説いた。身分の高い女性は競争率も高く、意中の女性を見事口説き落とした男性は、女性の実家に夜這《よば》いをかけ、恋を実らせた。そうして生まれた子は母親の家で育てられ、男子の場合はある程度育つと父親に引き取られた。女子の場合はそのまま実家に残ることが多かった。

　式部の母親の場合、藤原為信《ためのぶ》という中級貴族の娘ということ以外はよく分かっていない。為信も蔵人や地方官を歴任しており（いわゆる受領《ずりょう》階級）、為時とは同クラス同士の結婚といえる。母親は、式部が幼いころに亡くなったようで、式部は同母弟（兄という説もあり）の惟規《のぶのり》とともに為時に引き取られ、為時の家で育てられた。

　為時は、かつて文章博士《もんじょうはかせ》として名をはせた菅原道真《すがわらのみちざね》のように、漢詩や漢文で身を立てたいと願っていた。その願いは叶い、花山天皇の治世下ではその知性と教養を生かした仕事で能力を発揮できた。

　このため為時の家には漢文の本が山積みされており、式部はそうした環境のもとで、幼少期を過ごすことになった。

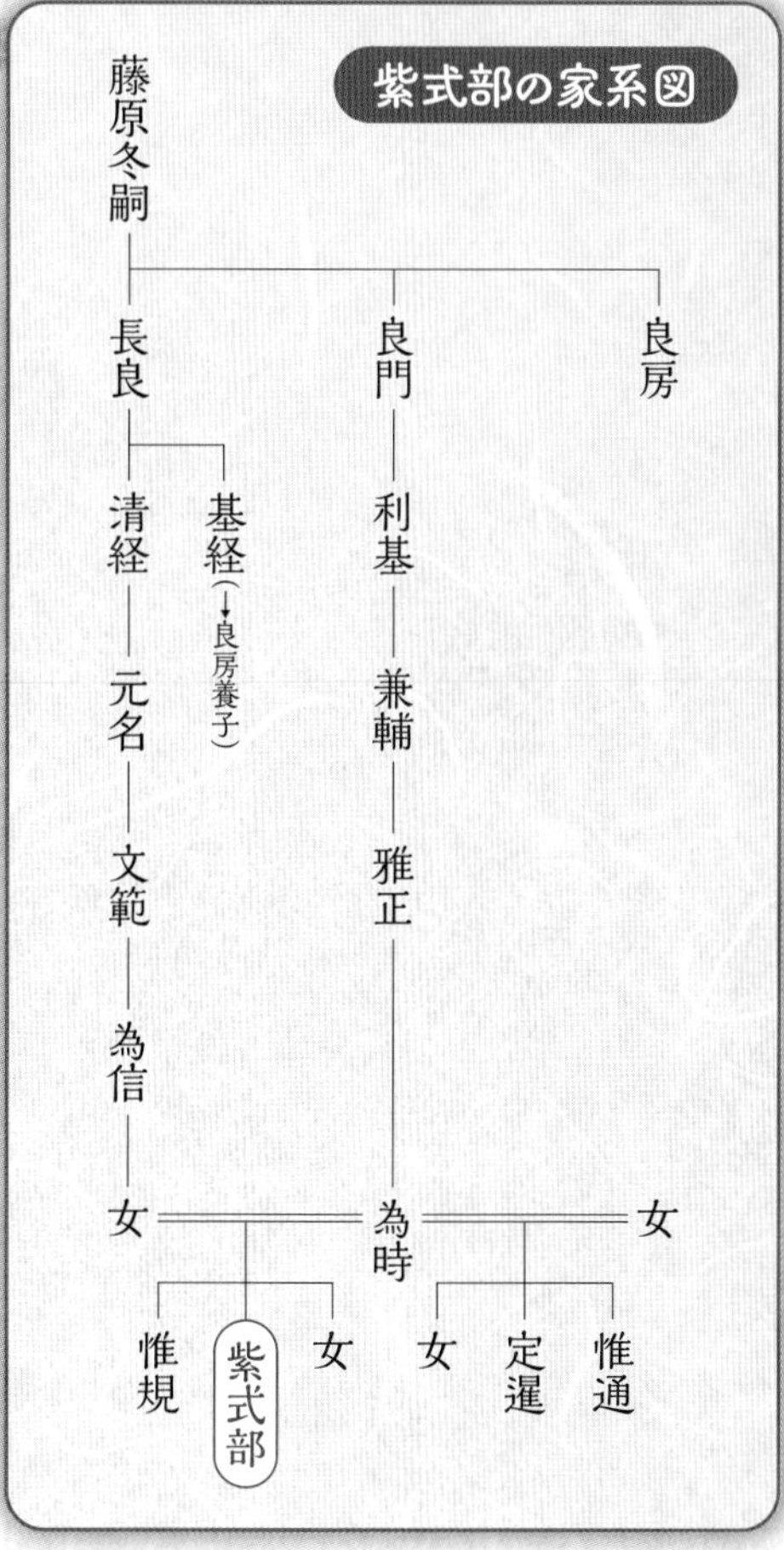

2 少女時代の学識と文才

紫式部は、幼少のころから屋敷内にある大量の漢籍（漢文で書かれた本）に慣れ親しんできた。式部が生きた時代の中国は、唐《とう》を受け継いで建国された宋《そう》という王朝だったが、日本との正式な国交はなく、その影響は限定的であった。いわゆる国風文化が発達したのは、そうした背景も影響している。

ただ、国風文化が栄えた時代とはいえ、かつての覇権国家である漢や隋《ずい》・唐の影響力は非常に強く、政治・経済から文化にいたるまで、漢籍とその知識は朝廷内で大いに重視されていた。公文書はすべて漢文で書かれ、男性は日記でさえも漢文で書いた。式部が読んでいた漢籍とは、まさにそうした隋唐時代の書物のことであった。

漢籍の代表的なものといえば、『史記《しき》』『漢書《かんじょ》』『三国志《さんごくし》』などの歴史書、唐代の有名な詩人である杜甫《とほ》、李白《りはく》、白居易《はくきょい》などの詩文、帝王学の書として名高い『貞観政要《じょうがんせいよう》』に代表される政治学の書などがある。式部は、こうした小難しい本を読みあさり、有名な詩文などは暗唱するまでになっていた。

あるとき、父の為時が弟の惟規に『史記』の有名な部分を暗唱させる抜き打ちテストを行った。おっとりとした性格の惟規が答えられないでいるなか、横で聞いていた式部がそれに答えて暗唱する。為時は驚き、「おまえが男だったら……」と嘆いた、という有名なエピソードがある。十分な漢文の素養がある男子なら出世も見込めるが、女子がそれを身に付けたところでたいした意味もない……。父の嘆きにはそういう意味が込められていた。

そんな男勝りの知識を身に付けていた式部だが、プライベートではつらい思いをすることも多かった。物心ついたときにはすでに母はなく、幼少のころに実の姉も亡くしているのだ。為時は別の女性と再婚し、子ももうけているが、式部とこの継母

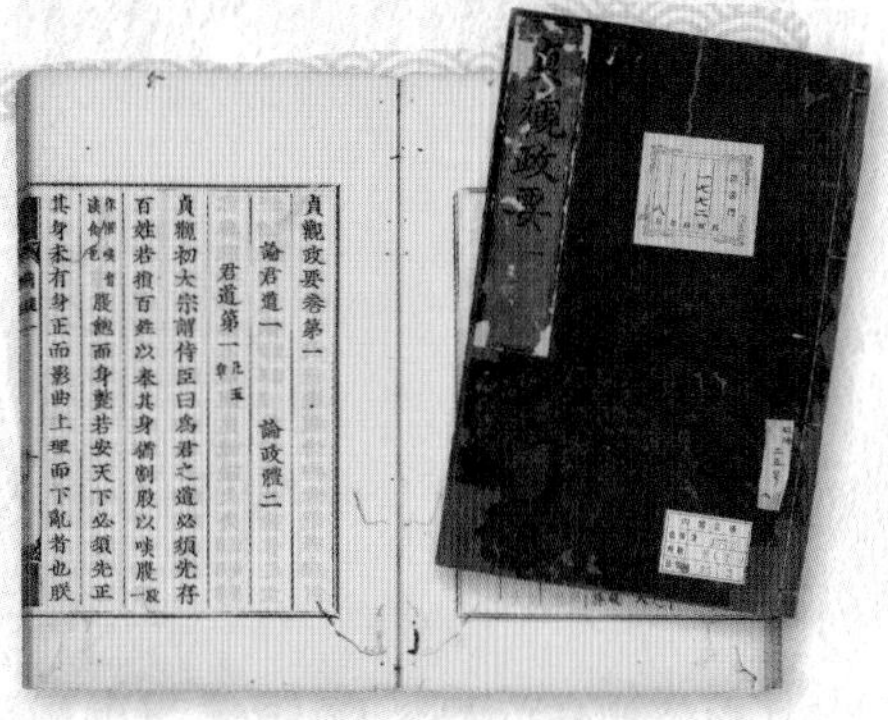

『貞観政要』表紙（右）と本文（国立公文書館蔵）。唐の史官・呉兢の撰で、720年以降に成立。全10巻。唐の太宗と群臣間に行われた政治論議を40編10巻に分類編纂

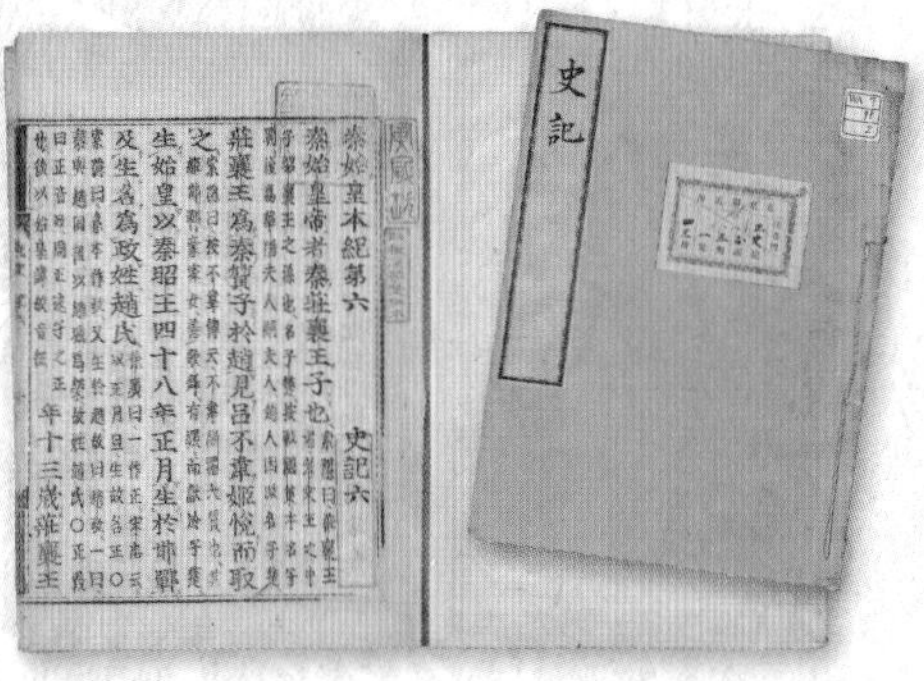

『史記』表紙（右）と本文（国立公文書館蔵）。前漢の歴史家・司馬遷が編んだ歴史書で、黄帝から前漢の武帝までを扱う。紀元前91年ごろに成立。全130巻

白居易（『歴代君臣図像』より。国立公文書館蔵）。772～846。中唐の詩人。白楽天の名でも知られる。玄宗と楊貴妃の愛をうたった『長恨歌』が有名。日本では選集の「白氏文集」が平安時代以降に広く愛読された

李白（『歴代君臣図像』より。国立公文書館蔵）。701～762。杜甫とともに「李杜」と併称される盛唐の詩人。後世、詩仙と呼ばれる。詩文集「李太白文集」が伝わる

杜甫（『歴代君臣図像』より。国立公文書館蔵）。712～770。盛唐の詩人。後世、詩聖と呼ばれた。代表作『北征』『三吏三別』『兵車行』など、詩文集に「杜工部集」がある

との関係は明らかではない。

少女時代の式部には「姉君」と呼んで親しんだ幼《おさな》馴染《なじみ》がいた。それだけ死んだ姉の存在が恋しかったのかもしれない。やがてその幼馴染とも疎遠になるが、後にその女性とは再会している（後述）。

そして式部が10代後半となった寛《かん》和《な》2（986）年、ときの花山天皇が突然出家して退位するという事件が起きる。帝の一派に重く用いられてきた為時にとっては、後ろ盾が消え去ったことを意味していた。派閥は一掃され、為時は無職（散位《さんに》という）になった。

その後、為時は10年近くにわたって職に就くこともなく、自宅でもっぱら歌を詠んで過ごした。式部は、父がそんな状況ということもあり、なんとなく結婚もせずに実家での生活を続けた。

3 越前への下向

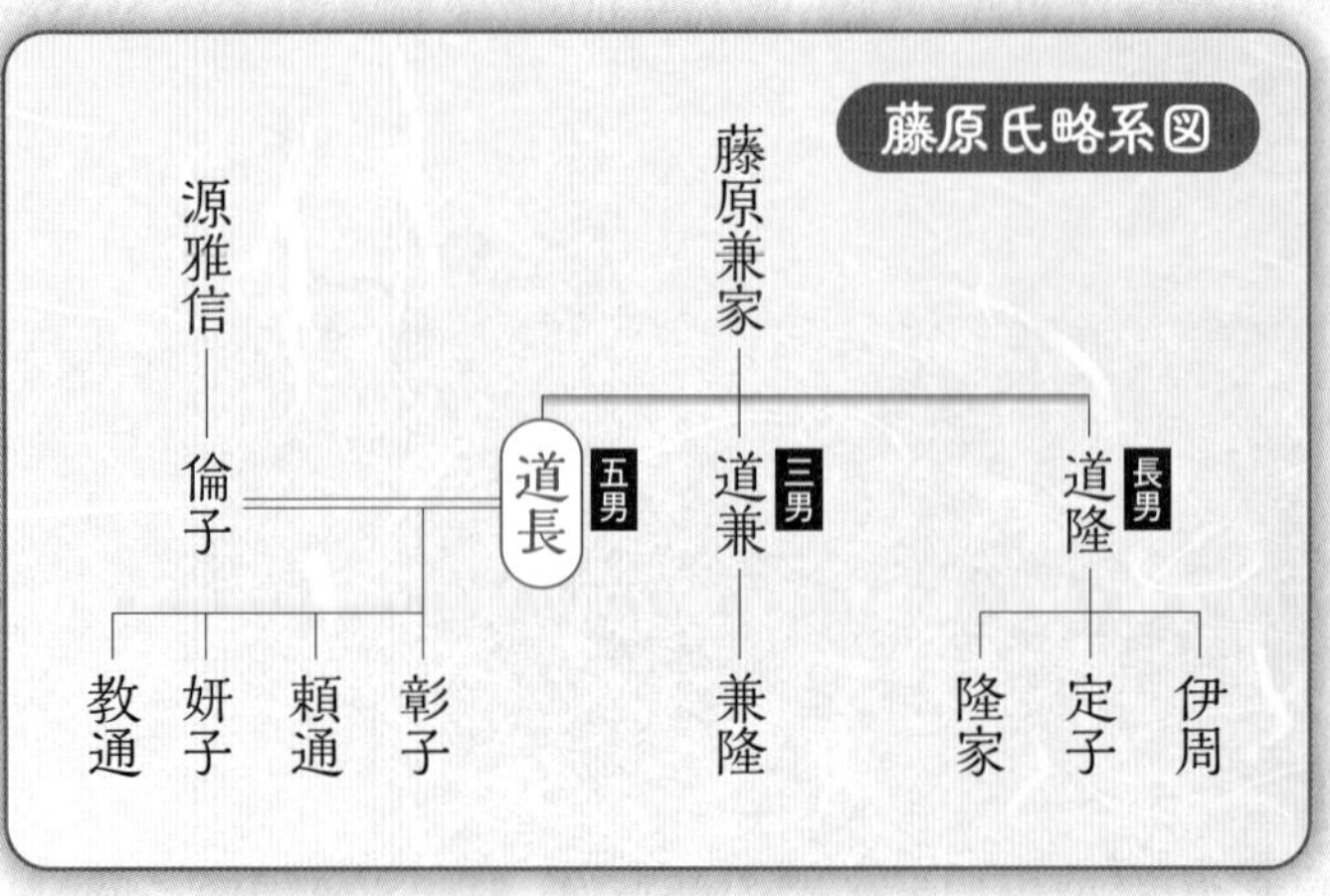

無職の父との同居生活のなか、式部は漢籍を読みふけり、ますます教養が深くなっていく。手持ち無沙汰からはじめた琴の腕前も、かなりのものになっていた。当時、女性は十代での結婚が当たり前であり、二十代になっても独身の式部は、やはり周囲からの無言の圧力を感じていたようだ。

　そんななかの長徳《ちょうとく》元（995）年、二十代も後半にさしかかった式部は、京の街中で幼馴染の「姉君」とばったり出会う。お互い年を重ねてきたが、自分はなにも変わっていないと思っていた。しかし、すっかり所帯じみた幼馴染の姿を見て、式部は複雑な思いを抱く。年を重ねるというのは、こういうことなのだろうか……。「姉君」は、家族の仕事の都合で筑紫《つくし》国（福岡県中部・西部）に行くのだという。式部は、行きたくもない遠い国に連れていかれる幼馴染に同情する。

　この年、関白《かんぱく》の藤原道隆《みちたか》が病死し、弟の道兼《みちかね》がそれを継いだ。しかし道兼も就任後わずか7日で病死してしまう。当時、有力な氏族の長は氏長者《うじのちょうじゃ》と呼ばれていたが、京の権力中枢を牛耳っていた藤原氏の氏長者といえば、天皇に次ぐ権力の頂点を意味した。

　この道兼の突然の死により、藤原

下向行列 和紙人形（模型人形。紫ゆかりの館蔵）。長徳元年の藤原為時一行の越前下向行列を再現している。紫式部も同行した

氏長者の地位は道隆・道兼らの弟の道長《みちなが》（五男）に転がり込んできた。こうして、かの有名な藤原道長が、いよいよ表舞台に登場するのだ。さらに長徳2年、道長と権力を争う藤原伊周《これちか》（道隆の子）が、女性をめぐるトラブルのすえ、花山法皇を襲撃するという事件を起こす。ライバル（伊周）の自滅により、道長の地位はひとまず安泰となった。

　これらの事件により宮中の人事は一新され、藤原為時にも大きな転機がめぐってくる。同年の除目《じもく》（人事異動の辞令）で、為時は淡路守《あわじのかみ》に任じられるのだ。守とは、地方行政の責任者である国司《こくし》の最上級を指す。

　しかし淡路国（淡路島）は、当時の等級では「下国《げこく》」であり、人気の赴任先ではなかった。為時は、申《もう》し文《ぶみ》と呼ばれる自己推薦文を漢文でしたため、お上に直訴した。これが功を奏したのか、為時の赴任先は中等級である越前《えちぜん》国（福井県中北部）に変更された。

　これにより、式部も父に従って越前国へと赴くことになる。京の都しか知らない式部にとって、越前はまったく未知の世界であった。同年春、式部たちは京を発ち、越前へと向かった。道すがら、式部は真逆の南国へと向かった「姉君」のことを思う。行くのを嫌がっていた、その気持ちがいまは痛いほどよく分かる、と……。

4 遅い結婚と帰洛

京を発《た》った紫式部一行は、琵琶湖を西から迂回《うかい》し、険しい山道を越え、越前国府《こくふ》の国司館《こくしのたち》（越前市武生）へ入った。新たな生活のスタートである。

冬になると、冠雪した日野山《ひのさん》の絶景を眺めながら、これまでの人生を振り返る。京南郊の伏見（京都市伏見区）にも日野岳《ひのだけ》と呼ばれる小高い山があり、式部はそのことを思いながら、京での日々を懐かしむのであった。

越前国国府跡の有力候補地・本興寺（越前市。福井県観光連盟提供）。総社大神宮に「越前国府」碑が建つが、正確な場所は未確定

紫式部も眺めた日野山（越前市。越前市観光協会提供）。標高794メートル。武生盆地の南にそびえ、その山容から「越前富士」とも呼ばれる

長い冬も過ぎて長徳《ちょうとく》3（997）年となり、式部のもとに、ある貴族から恋文が届くようになる。遠縁の親戚（為時の従兄弟の子）にあたる藤原宣孝《のぶたか》という人物である。式部とは20歳以上の年齢差という中級貴族で、このころすでに多数の妻を抱えていた。

手紙は、いつも熱意とウイットに満ちていた。漢籍好きな式部を思い、漢文の素養も盛り込む念の入れようだった。式部もまた、皮肉交じ

金峯山の遠景(奈良県吉野町)。宣孝が派手な格好で参拝したことが、『枕草子』に記されている

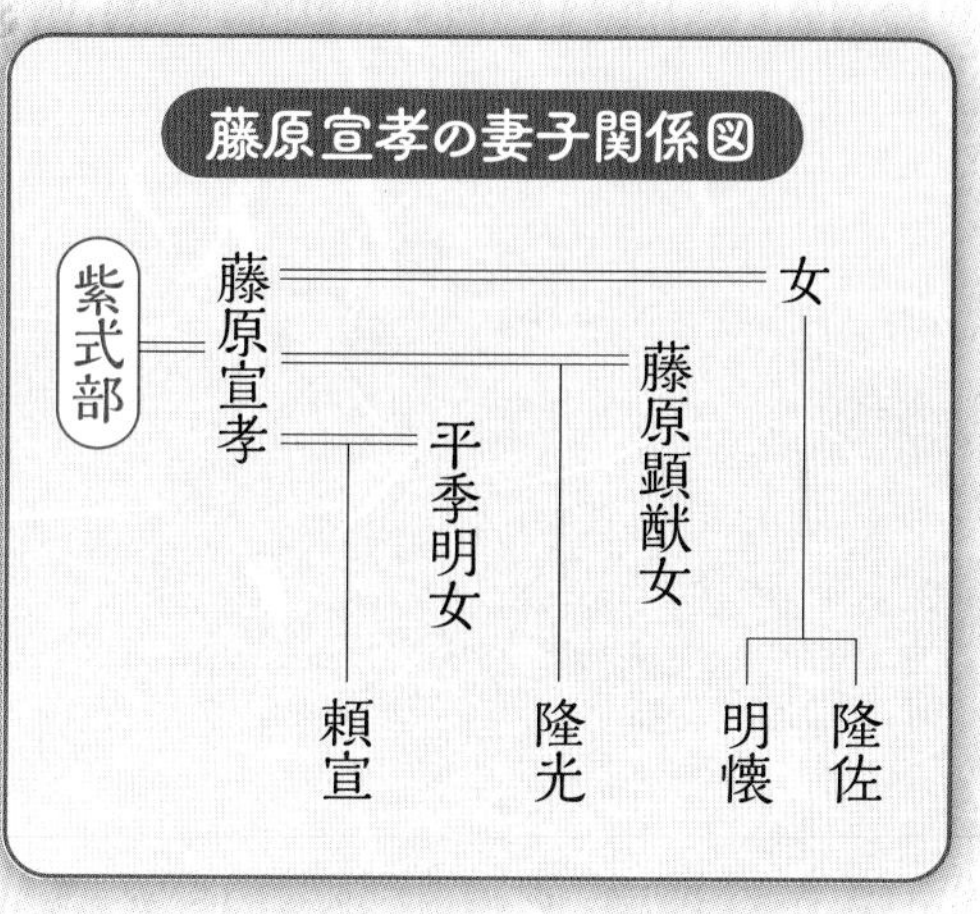

りの気の利いた歌で返信するなど、文通は順調に進んだ。次第に式部は宣孝に惹かれ、結婚を意識するようになる。30歳も目前の、遅い春の到来であった。

この藤原宣孝という人物は、非常におもしろい男性だったようで、同時代の女官である清少納言《せいしょうなごん》も自著の『枕草子《まくらのそうし》』にこの宣孝のエピソードを記している。

当時、京の貴族たちは吉野の金峯《きんぷ》山《せん》(奈良県吉野郡吉野町)、通称「御《み》岳《たけ》」に詣でるのが流行していて、これを御岳詣《もうで》と呼んだ。修験道の聖地である同地の蔵王権現《ざおうごんげん》に参拝するのだが、質素な装束(浄衣《じょうえ》という)で行うのが通常であった。しかし宣孝は「むしろ目立つ格好のほうが、権現さまの目に留まるだろう」と言い放ち、派手な格好で参拝したという。これを清少納言は少し嘲笑的に書いたのだが、このことが、後に紫式部が清少納言を毛嫌いする原因のひとつともなる。

「行き遅れ」を自覚していた式部は、父の後押しもあり、宣孝のプロポーズを受け入れることにした。手紙からうかがい知ることができるその人柄と教養の深さに惹かれたのもあるが、一刻も早く雪深いこの越前を脱出して京に帰りたい、という気持ちも強かったようだ。

宣孝は手紙で「二心なし」と断言していた。もちろん式部は、宣孝がほかの貴族たちと同様に、多数の妻を抱えていることを知っている。それでも式部は宣孝を信じ、待った。そして長徳4年春、平安京に戻った式部は、自邸(為時の屋敷)で宣孝と対面する。もちろん、顔合わせははじめてのことである。こうして、式部の結婚生活がスタートした。

5 娘の誕生と夫の死

藤原宣孝は、しばらく九州に赴任していたが、長徳4（998）年に帰京し、紫式部と結婚した。このころ宣孝は、右衛門権佐《うえもんごんのすけ》という職を得ている。内裏《だいり》などの門衛を統括する衛門府《えもんふ》の上官で、権佐はいわば次官補といったところか。さらに翌長《ちょう》保《ほう》元（999）年には山城守《やましろのかみ》にも任じられている。山城国（京都府南部）といえば平安京を抱える一等地中の一等地であり、等級も当然「上国《じょうこく》」に分類された。宣孝は、まさに出世街道の真っただ中にあった。

そして、紫式部との結婚生活も順調であったようだ。やがて式部は子どもを授かり、同年ごろに女の子を産んでいる。この子は「賢子《かたいこ》」と名付けられた。

ただ、人の死が非常に身近な古代のことである。同時期に式部は「姉君」が筑紫国で亡くなったという知らせを受けている。姉君とは、越前在住のころまでは何度か文通していたが、その後疎遠になっていた。幸せな生活のなかですっかり忘れてしまっていた姉君のことを思い、式部は涙した。

一方、藤原道長は自身の権力固めのため、着々と手を打っていく。同年11月、道長は子の彰子《あきこ》を一条《いちじょう》天皇の後宮に送り込んだ。このとき彰子は11歳。入内《じゅだい》（公式に後宮に入る

紫式部邸跡（廬山寺）に立つ紫式部と娘の歌碑。前半に、大弐三位「有馬山 ゐなの笹原 風吹けば いでそよ人を 忘れやはする」、その後に紫式部「めぐりあひて 見しやそれとも わかぬ間に 雲がくれにし 夜半の月影」が刻まれている。大弐三位は、紫式部と藤原宣孝の間に生まれた賢子のこと

こと）を祝う宴席が大がかりに実施され、その席には藤原宣孝も招かれていた。宣孝は道長の勧めで藤原実《さね》資《すけ》という実力者（後述）にお酌をする栄誉を授かった。こうした努力もあり、宣孝は帝の言葉を賜って寺社に詣でる「奉幣使《ほうへいし》」という大役を任され、宇佐《うさ》八幡宮（大分県宇佐市）に赴いている。

　式部は、父・為時の屋敷で夫の栄《えい》達《たつ》と娘のすこやかな成長を見守りつつ、幸せの絶頂にあった。式部にとって、宮中での出来事などは、まだ遠い世界のことでしかなかっただろう。長保2年には、藤原道隆の子で一条天皇の后の定子《さだこ》が女子を産んですぐに亡くなったという。また、京では流行り病で大勢の人が亡くなっていた。

　そしてその翌年、その流行り病により、夫の宣孝が急死するのである。わずか3年の幸せな新婚生活は、こうしてあっけなく終わった。

　しばらくは悲しみに暮れ、書物を読んで日がな一日過ごしていた式部だが、それまで手をつけてこなかった「物語もの」を読むようになった。現実逃避のためには物語がしっくりきたのだろう。『竹取《たけとり》物語』や『宇津《うつ》保《ぼ》物語』などを夢中で読みあさり、つらいことを忘れようとした。そしてこのことが、式部の心情と信条に大きな変化をもたらすことになる。

長保元年末に、奉幣使となった藤原宣孝が訪れた宇佐神宮南中楼門（宇佐市）

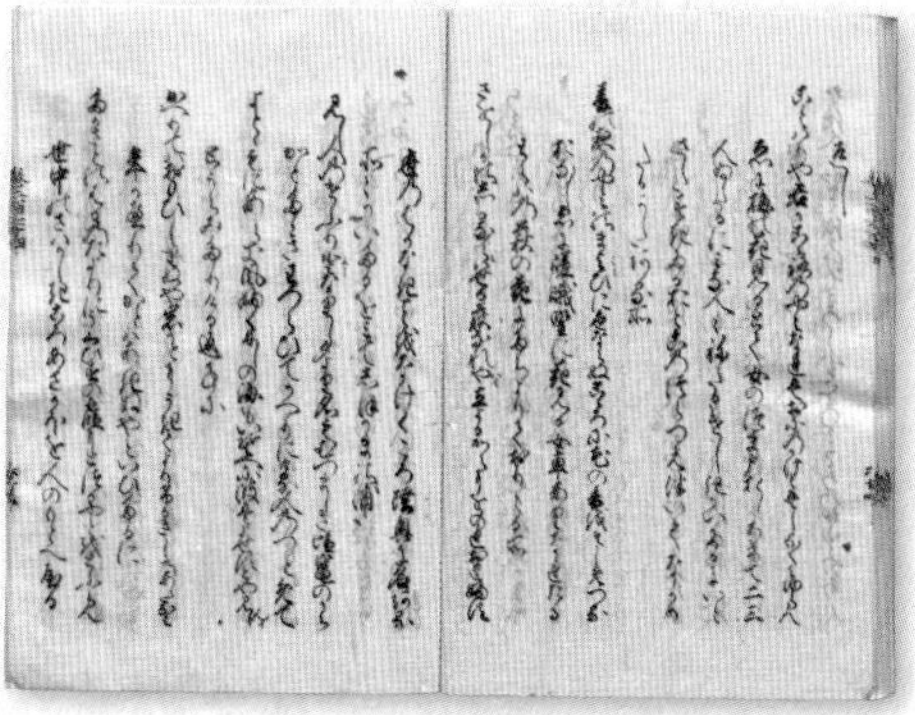

夫・宣孝の死去にともない紫式部が詠んだ和歌「見し人の 煙になりし夕より なぞむつまじき しほがまの浦」（『紫式部集』〈群書類従745〉より。国立公文書館蔵）。『新古今和歌集』にも採られている

6 『源氏物語』の執筆

失意の紫式部にとっては、娘のちょっとした病気も心を強く痛める出来事であった。占いやまじないなどには惑わされない性分だが、娘の病気を吹き飛ばすのだという使用人のおまじないには敏感に反応し、一緒に祈った。はかなく薄情なこの世の中でも、賢子は若竹のようにすくすくと育ってほしい……そう願う式部には、娘のためにもこのままではいけない、何か行動しなくては、という前向きな気持ちが芽生えはじめていた。

そうするうち、数少ない同好の士たちと物語を貸し借りするなどの交流をもつようになった。やがて、次第に自分でも何か物語を書いてみたい、との思いを抱きはじめた。

そして、文机に向かい、ある着想を形にしはじめる。都の女子たちがうらやむような「やんごとなきおのこ（高貴な男性）」の物語。でも、そんな高貴な男性でも失敗はするし、失恋もする。そんな等身大の男性を描きたい。そして、そのお

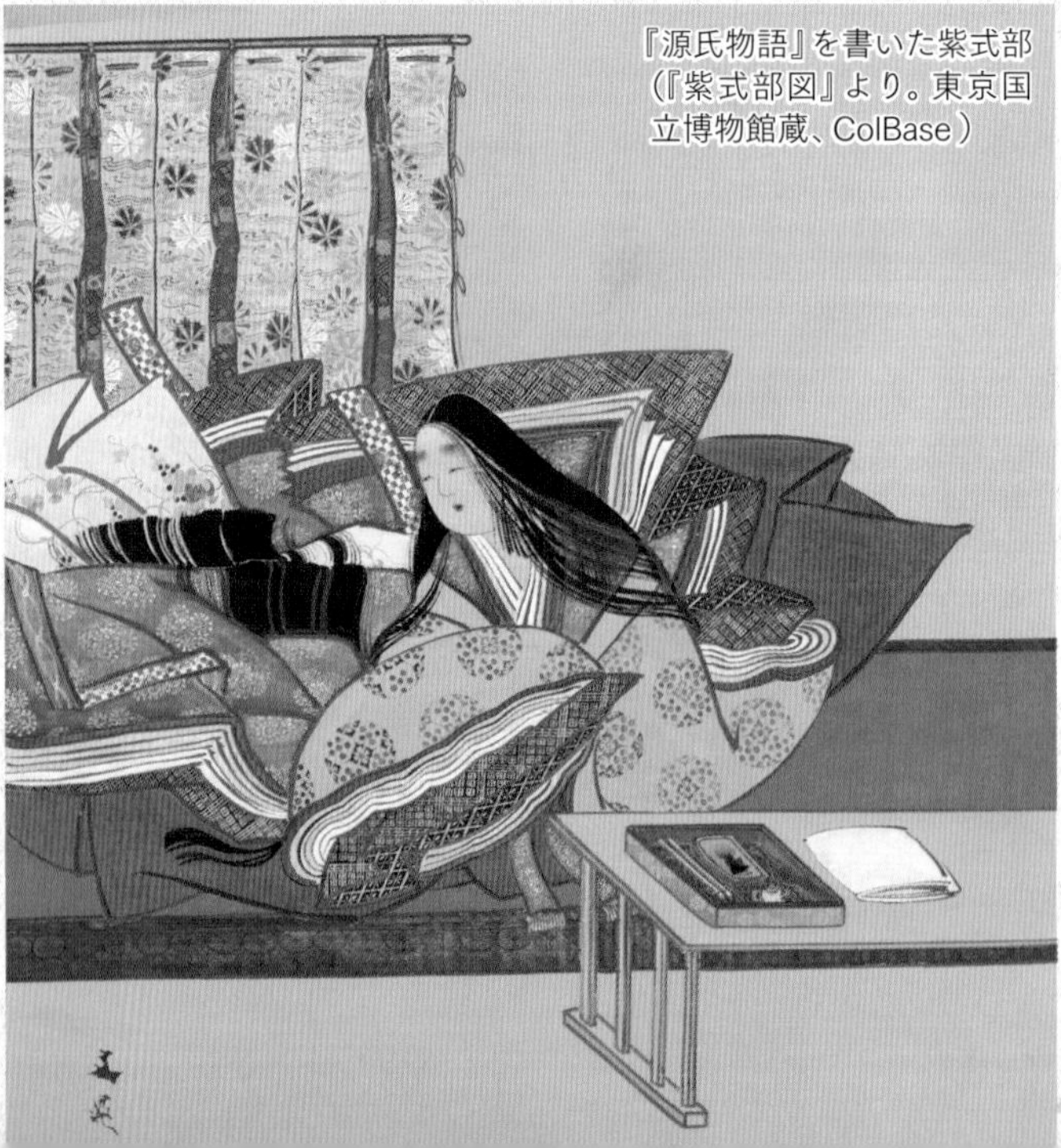

『源氏物語』を書いた紫式部（『紫式部図』より。東京国立博物館蔵、ColBase）

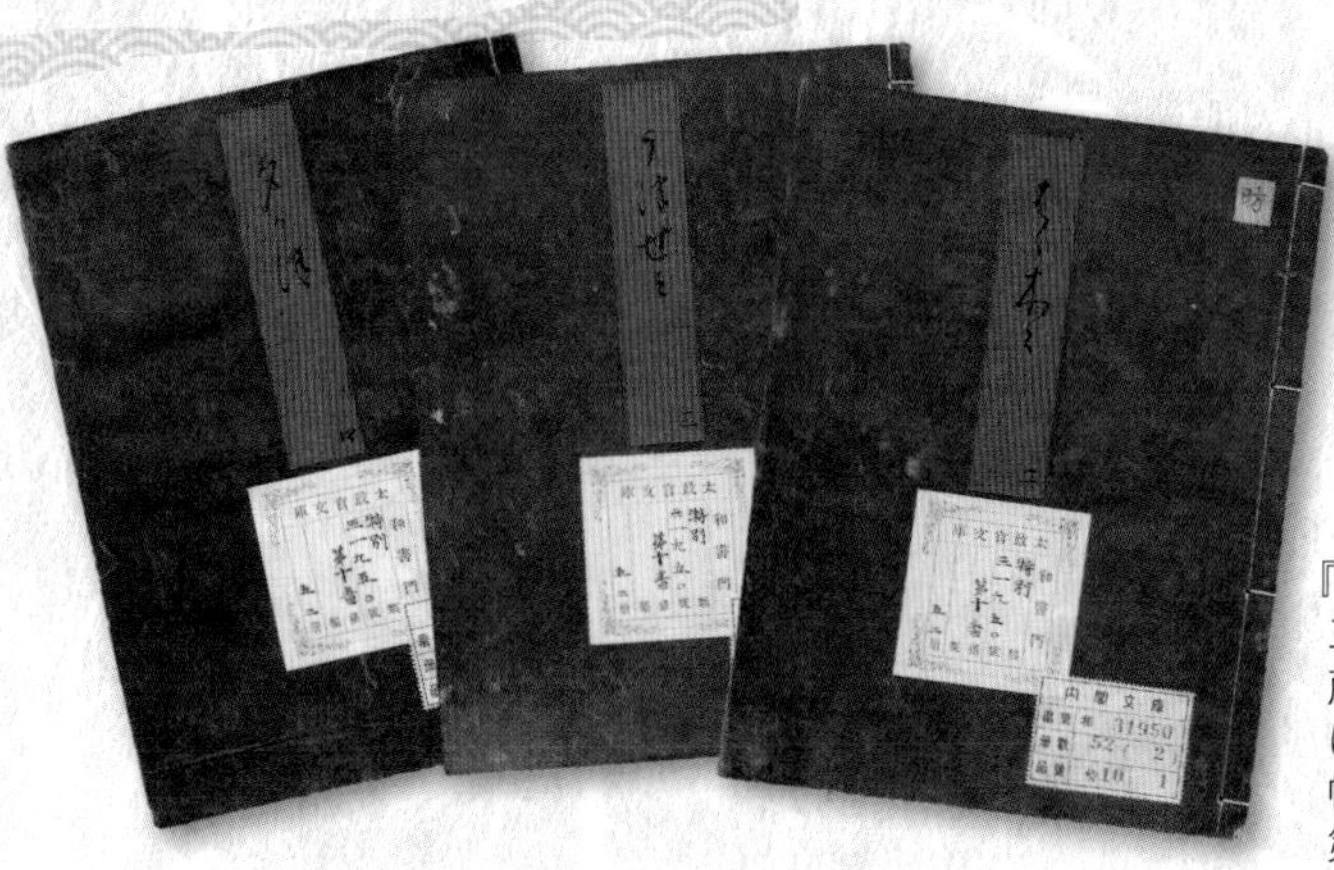

『源氏物語』の「帚木三帖」（国立公文書館蔵）。右から第２帖「はは木々（帚木）」、第３帖「うつせみ（空蟬）」、第４帖「夕顔」

相手は、必ずしも高貴な女性でなくてよい。私のような中途半端な地位の女性も、できるだけ登場させよう。それに、娘の賢子のような、年若い女子も。男が漢文で書くような、見栄ばかりの堅い内容ではなく、女だからこそ書ける女の目線の物語……。まさにそれは、現代のオタク女子が同人誌を書きはじめるのと同じような形ではじまったのだった。

当初は、あくまでも友人たちに向けた、ちょっとした物語のつもりだった。最終的に全五十四帖《じょう》となる物語のうち第二帖「帚木《ははきぎ》」、第三帖「空蟬《うつせみ》」、第四帖「夕顔《ゆうがお》」の三帖がそれで、俗に「帚木三帖」と呼ばれている。なかでも「帚木」の「雨夜の品定め」と呼ばれるエピソードはよく知られている。

宮中の宿直所《とのいどころ》で、光源氏《ひかるげんじ》（17歳）と親友の頭中将《とうのちゅうじょう》が、好みの女性像という話題に花を咲かせる。そこに藤式部丞《とうしきぶのじょう》と左馬頭《さまのかみ》も加わり、喧々《けんけん》囂々《ごうごう》の女性論となる。頭中将は「やっぱり付き合うなら中流の女性がいい」と言い、光源氏の脳裏にこれが焼き付いた。

ある日光源氏は、まさに中流の女性である人妻の空蟬に夜這いをかけた。そしてその魅力に惹かれ、その後も熱烈に求愛するようになる。しかし空蟬は、身分の差などを理由に断固として拒絶。何不自由なく育った美男の貴公子も、思い通りにいかない恋を経験し、男としてひとつ成長する……。

物語は評判となり、さらに宮中にもその噂が広がっていった。世界最古の長編恋愛小説などともいわれる『源氏物語』が、ここに産声をあげたのだ。

7 中宮彰子への出仕

華やかな宮廷を舞台に、誰もが憧れる高貴な男性と、内裏内外の女性たちが織りなす物語……そこに紫式部は、ある種のリアリティーを持ち込んだ。恋愛という非常に身近ながら扱いの難しい題材を、彼女なりの独特の感性で磨き、表現する。その感性には、少女時代から慣れ親しんだ漢籍の知識や教養の影響が明らかにみてとれた。

友人たちにせがまれるまま、式部は続きを書き続けた。光源氏の誕生と少年期を描く、本編のプロローグともいえる第一帖《じょう》も書き加えた（時期は諸説あり）。評判が評判を呼び、その噂《うわさ》はいつしか宮中の奥深くまで届いていた。

そして寛弘《かんこう》２（１００５）年、ついに時の人・藤原道長から式部に声がかかる。後宮に入り、彰子の女房《にょうぼう》になれ、という出仕命令である。女房とは、宮中で上流貴族の身の回りの世話をする女性全般を指す。ときに女房は家庭教師や秘書官、または

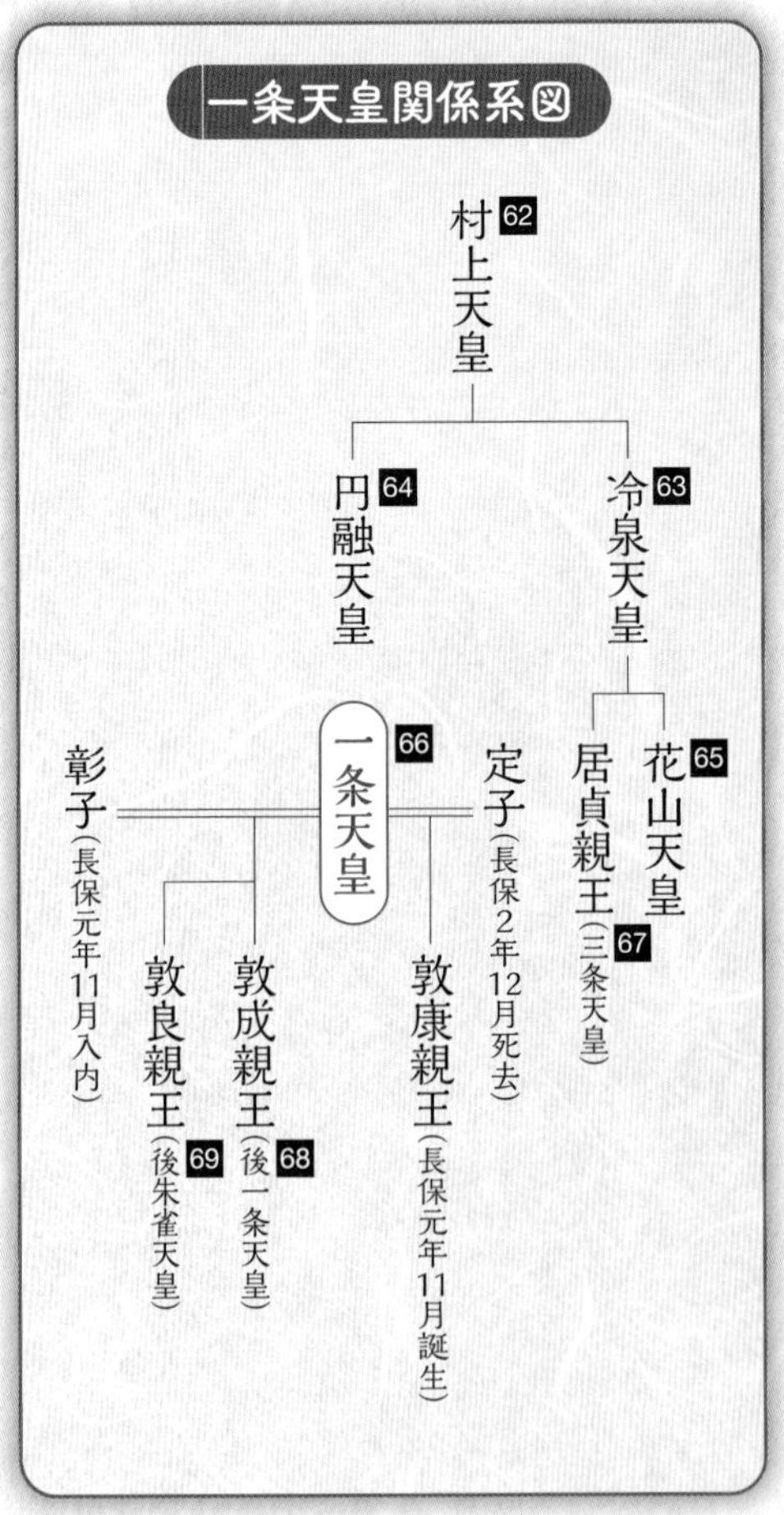

敦成親王五十日の賀（宴会）に出席した貴族たちの醜態（『紫式部日記絵巻（模本）』より。東京国立博物館蔵、ColBase）。女房として宮中に出仕すると男性貴族との接触も多かった

乳母《めのと》などの役割も任され、宮中になくてはならない存在であった。多くの場合、受領《ずりょう》階級のような中流貴族の子女が選ばれたが、宮中で男性と関係を持ってしまうことも多く、子を宿すなどして出仕をやめる者も多かった。そのため乱倫のもととしてさげすむ者もおり、実は紫式部もその1人であった。

女房などという下品な仕事にかかわるつもりはない……式部は断ろうとしたが、ほかならぬ藤原道長の命である。父や弟（惟規《のぶのり》）からの圧力もあり、式部は出仕を余儀なくされた。また、いつまでも父に頼っているわけにはいかない、という意思もあった。

一方、道長の娘・彰子はこのとき18歳。一条天皇の皇后（中宮）となってすでに5年、同じく中宮であった定子はすでに亡かったが、定子を心から愛していた一条帝は彰子に心を開くこともなく、子はまだなかった。

定子亡きあと、彰子はわずか13歳で定子の子・敦康《あつやす》親王の育ての親となり、愛情をそそいで育てていた。一方、控えめな性格で、なんとか帝の気を引きたいと思うものの、なかなか思うようにいかない。それに気をもんだ父の道長が、助け舟を出す形で紫式部を女房に招聘《しょうへい》したのだ。一条帝は漢籍への興味がすこぶる強く、紫式部という存在によって帝の気を引くことができるかも、という読みがあったともいわれている。

そして、いよいよ式部は道長と彰子にお目見えする。道長は「物語」の続きを宮中で執筆することを許可し、専用の部屋（局）まで用意すると約束した。こうして、式部の宮中での生活がスタートする、と思われたが……。

8 敦成親王の出産と『紫式部日記』

大いに緊張しながら道長・彰子と面会し、破格の待遇を約束された式部だが、宮中で浴びる好奇の目線や、同僚となる女房たちの冷たい態度には辟易させられた。なんとか慣れなければ、と思うものの、やっぱり無理だ……そう思った式部は、すぐに実家（藤原為時邸）へと逃げ帰ってしまう。

実家に引きこもった失意の式部を、道長は無理に引き戻そうとはしない。しかし式部は、なんとか気持ちを一新して前に進むことを決断し、あらためて出仕した。以後、彼女は父の旧官職名から「藤式部」の通り名で呼ばれることとなる。

下世話でゴシップ好きな女房たちのもと、式部はなんとか努力して溶け込もうとし、面倒なことを聞かれても「惚《ぼ》け痴《し》れ（知らないふり）」で通すことにした。なんでも「知らぬ、存ぜぬ」で通せば、面倒なことに巻き込まれずにすむと思ったのだ。少し気が楽になった式部は、女房づとめと執筆を精力的にこなすようになった。

一方の彰子は、けなげな努力が実を結んだのか、一条帝のお手がつき、ついに懐妊した。宮中は祝賀ムードに沸くが、この日を誰よりも待ち望んでいたのは、ほかならぬ藤原道長であった。

彰子付きの女房である式部は、彰子とその周辺の、出産前後を追う記録を任じられた。これが後に『紫式部日記』と称される書物として結実する。式部にとってこの記録は、やがて自分と同じように女房になるであろう娘の賢子に向けた、女房という仕事と宮中の人々の詳細な記録でもあった。

寛弘5（1008）年7月のある早朝、式部の局を訪れた道長は、寝起きの式部に女郎花《おみなえし》を渡し、その歌を詠むよう命じる。式部は「女郎花 盛りの色を 見るからに 露のわきける 身こそ知らるれ」と詠んだ。「いまが盛りのみずみずしい女郎花

祖母・源倫子に抱かれた敦成親王（後の後一条天皇）と中宮彰子の後姿（『紫式部日記絵巻』より。東京国立博物館蔵、ColBase）。寛弘5年11月1日の親王五十日の賀の一場面で、男性は藤原道長、女房は紫式部と考えられる

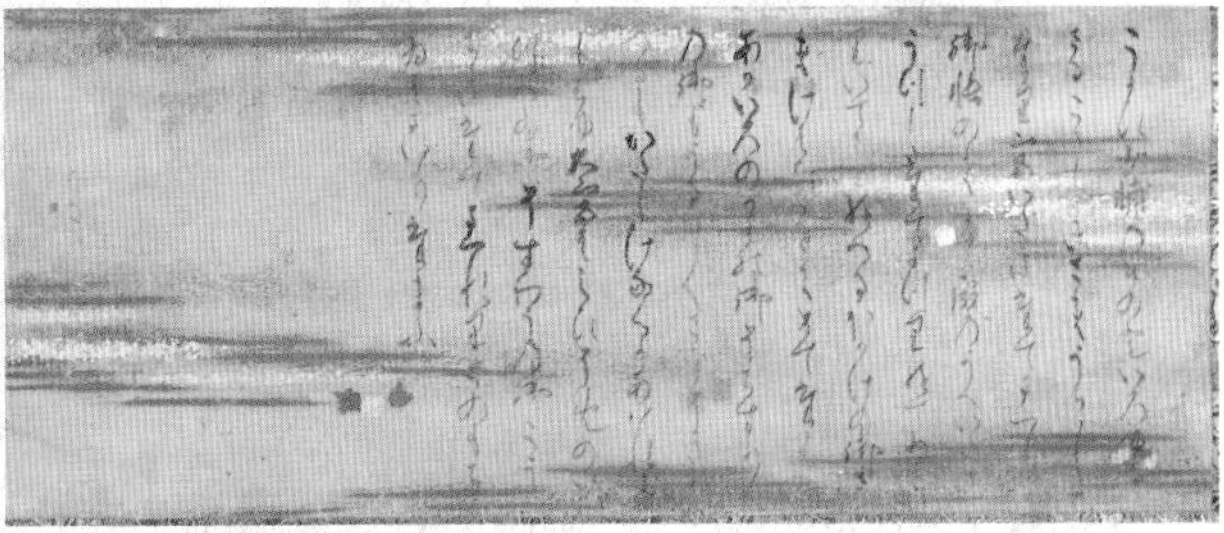

『紫式部日記』（『紫式部日記絵巻』より。東京国立博物館蔵、ColBase）。宮仕え中の寛弘５年の秋から同７年正月までの見聞感想録で、日記文と消息文からなる。全２巻。『紫式部日記絵巻』はこれを絵画化したもので、詞書として日記本文が省略して引用されている

をみると、露（道長のこと）が盛りを過ぎた自分をかまってくれないことを思い知らされます」という意味である。道長はこれに「露は分け隔てなどしない。女郎花は自分が願うからこそ、美しい色に染まるのだ」という歌を返した。こうしたやりとりにより、昔から道長と式部のラブロマンスが取りざたされてきた。しかし、道長は誰にでもこういうちょっかいを出すのが常で、年齢なども考慮すると式部と特別な関係であったとはいいがたい。文学者の一部は含みを持たせているが、歴史学者はおおむね否定的である。

そして同年9月。道長の屋敷（土《つち》御門殿《みかどの》）で、陰陽師《おんみょうじ》や僧侶による安産祈願の祈禱の声が響くなか、彰子は難産の末に男子を出産した。これが敦成親王、後の後一条天皇である。

9 敦良親王の誕生

中宮彰子が皇子（敦成親王）を産んだことにより、父・道長の立場はより強固なものとなった。初産が大変な難産となったため、紫式部をはじめとする彰子の女房たちは、母子ともに健康なことを我がことのように喜んだ。

寛弘5（1008）年11月1日、敦成親王の生誕五十日《いか》を祝う宴会が内裏で催された。このとき道長は左大臣を務めていたが、右大臣（藤原顕光《あきみつ》）や内大臣（藤原公季《きんすえ》）など、国政のトップがこぞってこれに参加した。皇子の祖父となり、天皇の外戚《がいせき》（皇后の一族を指す）となった道長の権勢は、すでに並ぶもののない高みに昇りつつあった。

道長はこの席で、孫（敦成親王）がおもらしをして困った、という話をうれしそうに披露する。そして、道長の自慢話に閉口する式部ら女房たちのもとに、藤原公任《きんとう》という貴族がやってくる。酔っ払った公任は「ここに若紫《わかむらさき》はいますかぁ～？」と呼んで御簾《みす》をあげる。若紫とは『源氏物語』の登場人物の1人で、光源氏が気に入って手元に引き取った美少女（紫《むらさき》の上《うえ》）のことである。歌人として知られている公任もまた、『源氏物語』の読者であった。そんな人物まで自分の物語を読んでくれていたことに感じ入りつつ、式部は「源氏の君のような貴公子もいないのに、紫の上みたいな女性が（現実に）いるものですか」と思いながら、そそくさとその場を逃れた。このエピソードにより、後世の人々は「紫式部」という通称で呼ぶことになるのだ。

彰子の妊娠中、一条帝は『源氏物語』を女房に朗読させ、作者の漢籍の素養に感心しきりであったという。それを知った彰子は、式部から

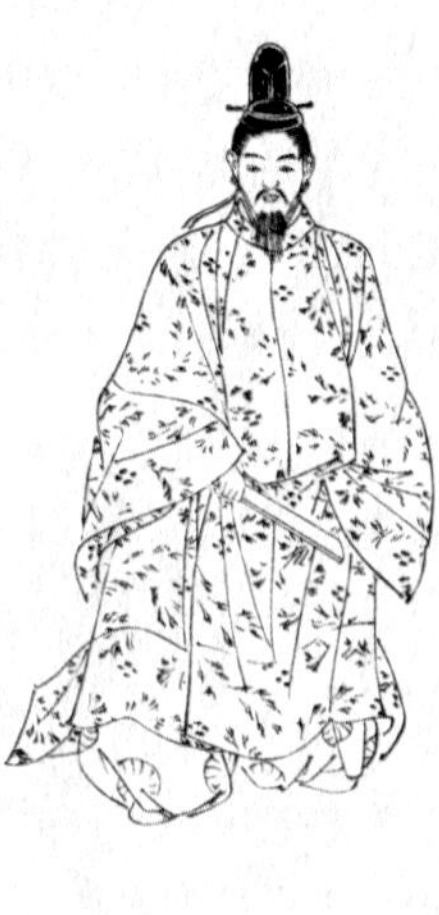

藤原公任（『前賢故実』より。国立国会図書館蔵）。966～1041。関白太政大臣頼忠の長男で、正二位権大納言に昇任。諸学諸芸に優れ、歌論書『新撰髄脳』や家集『大納言公任集』『北山抄』などの著作がある。『和漢朗詠集』の撰者

敦成親王五十日の宴が終わり、藤原道長から祝いの和歌を詠むように迫られる紫式部と宰相の君（『紫式部物語繪巻』より。国立国会図書館蔵）。宰相の君は大納言・藤原道綱の娘・豊子で、中宮彰子に仕えた紫式部の同僚。後に後一条天皇の乳母となる

和泉式部（『小倉百人一首』より。国立国会図書館蔵）。生没年不詳。大江雅致の娘で、寛弘6年に彰子に出仕。著作に『和泉式部日記』と歌集『和泉式部集』がある

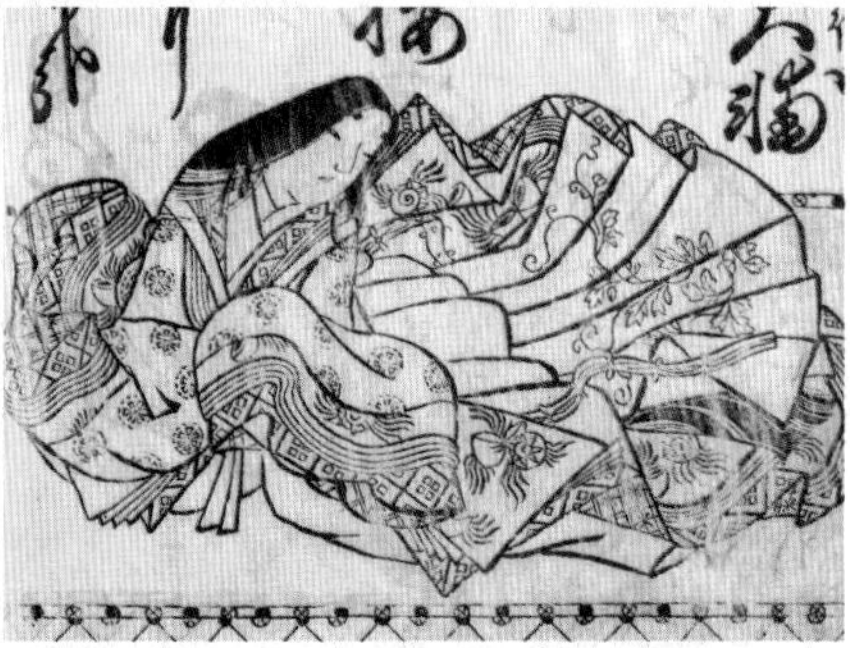

伊勢大輔（『小倉百人一首』より。国立国会図書館蔵）。生没年不詳。大中臣輔親の娘で、寛弘5年ごろ彰子に出仕。歌集に『伊勢大輔集』がある

直接漢籍を習いはじめた。女子に漢文など無用、という時代のことである。式部はこれを喜び、こっそりと彰子に漢籍を講義した。彰子は一条帝が好きな隋唐の政治学も懸命に勉強し、帝の心に寄り添おうとした。

　こうした流れのなか、道長は彰子の周辺を歌人などのインテリで囲おうとする。もともといた式部や歌人の赤染衛門《あかぞめえもん》にくわえ、伊勢大輔《いせのたいふ》や和泉《いずみ》式部といった優れた歌人を招聘するのである。こうして、彰子の周辺は一大文芸サロンの体をなしつつあった。

　敦成親王を出産したのちも、彰子は漢学を勉強しつづけた。そうした努力もあり、彰子は一条帝のあらたな子を宿す。そして寛弘6年11月、2人目の皇子が誕生する。敦良《あつなが》親王、後の後朱雀《ごすざく》天皇である。今度は何の問題もない安産であった。

10 一条朝から三条朝へ

幸運にも、2人の皇子を孫に抱えることになった道長だが、ひとつ大きな気がかりがあった。ほかならぬ一条天皇本人の気持ちである。中宮定子を深く愛していた一条帝は、その子の敦康《あつやす》親王を次代の皇太子にしたいと願っていたのだ。13歳で入内してすぐに敦康の育ての親となり、一条帝を深く愛する彰子もまた、それを望んでいたふしがある。どうにか彰子の実子を皇太子に、そして帝にしなければ……。道長は無言の圧力を一条帝にかけ続けた。

敦康親王の残された後ろ盾といえば、母・定子の兄である藤原伊周であったが、花山法皇襲撃事件以後はなりを潜め、寛弘7（1010）年1月にひっそりと亡くなった。中関《なかのかん》白《ぱく》家と呼ばれた藤原道隆の家系の威光は、これで完全に消え去った。あとは一条帝のお気持ちひとつである。式部は、そうした政治闘争に巻き込まれる彰子のことが不憫で仕方がなかった。

翌寛弘8年2月、しばらく宮仕えしていた藤原為時が、越後守《えちごのかみ》に任じられた。越後国（新潟県）は等級的には「上国」であったが、すでに老境に達していた為時に雪国へ下向せよとは酷な話であった。式部の弟の惟規《のぶのり》は、この年に従五位下《じゅごいのげ》式部丞に任じられ、晴れて貴族の仲間入りを果たしたばかりであったが、父を案じて越後まで同行することにした。せっかく出世街道に乗ったばかりなのに、父のためにあえてそれを棒に

騎乗する藤原伊周（『石山寺縁起』第3巻第1段より。国立国会図書館蔵）。弟・隆家が起こした花山法皇襲撃事件（996）で内大臣から大宰権帥に左遷され、長保5（1003）年に廟堂に復帰したものの力を失っていた

寛弘6年6月に一条天皇の里内裏となった枇杷殿跡（京都御苑。京都市上京区）。彰子も遷御したため、紫式部も出仕していた。元は藤原仲平の邸宅で、長保４年以降、藤原道長が所有し、一条天皇崩御後には道長次女で三条天皇の皇后となった妍子の里内裏となった。東側には道長の土御門邸（土御門殿）があり、さらにその東に紫式部邸（現在の廬山寺）があった

藤原行成（『肖像集』巻10より。国立国会図書館蔵）。972～1027。一条朝の蔵人頭を務め、敦康親王家の別当となった。道長の信任も厚く、三条朝にも仕え、正二位・権大納言まで昇任した。能筆家としても知られる

三条天皇（三条院。『小倉百人一首』より。国立国会図書館蔵）。冷泉天皇の第2皇子で、母は藤原兼家の娘・超子。寛弘8年に即位。失明のため在位5年で敦成親王に譲位

振る……。そんな弟のことを愛おしく思う式部であった。

同年5月、一条帝は道長の圧力を感じながら、病に臥せった。病床で一条帝は敦康親王の立太子を願ったが、忠臣の藤原行成《ゆきなり》は「左大臣（道長）が自分の孫を東宮《とうぐう》（皇太子）に、と望まれるのは自然なこと。国政をけん引している左大臣の意思をないがしろにすれば、意見が割れて争いの種になりかねません」と忠告する。一条帝は、やむなく受け入れた。

一条帝は皇太子の居貞《おきさだ》親王（三条《さんじょう》天皇）に譲位し、6月に急逝した。そして次の皇太子には、敦成親王が指名された。愛する帝の突然の死を受けて嘆き悲しむ彰子は、同時に敦康が不憫《ふびん》でならないと泣いた。強欲な父に対する、はじめてのささやかな反抗であった。

同年の秋、今度は式部に不幸が訪れる。父とともに越後へ行っていた弟の惟規が急死したのである。急を知らせる手紙の最後には「都で自分の帰りを待つ人のために、どうしても生きて帰りたい」と惟規が詠んだ歌があった。

11 謎に包まれた晩年

式部は、職務のかたわらで物語を書き続けた。光源氏の死後の話となる「宇治《うじ》十帖《じょう》」もいつしか書き終え、寛弘7（1010）年ごろには『源氏物語』が完成したとされている。

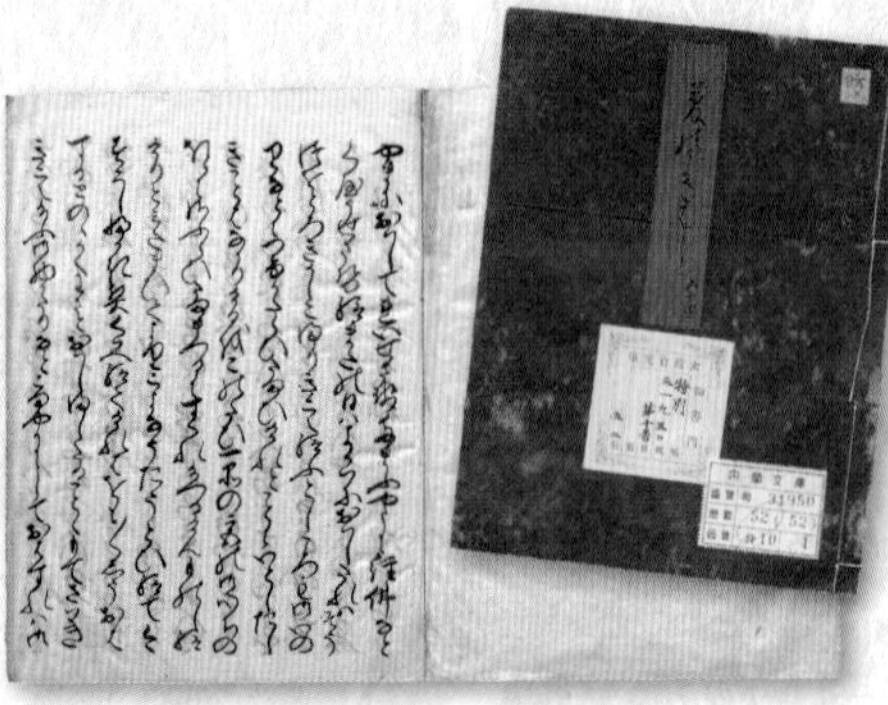
『源氏物語』「宇治十帖」の最終巻『夢の浮橋』の表紙（右）と本文冒頭（国立公文書館蔵）

長和《ちょうわ》元（1012）年、内裏で一条天皇の一周忌の法要が営まれ、皇太后の彰子とその女房たちも参列した。この席に、大納言《だいなごん》の藤原実資《さねすけ》が参列した。大納言とは、国政トップの大臣らを監査しながら政治をけん引し、天皇の代弁者もつとめる重職を指す。実資は気骨ある人物として知られ、道長を真っ向から批判した唯一ともいえる存在であった。

喪服姿の彰子は、実資を見ながら、一人つぶやいた。「あの方（実資）は、誰にもこびへつらうことなく、この催しに参加なされた。本当に喜ばしい」。この「誰」が彰子の父・道長を指すのはあきらかである。女房たちは驚き、この言葉はたちまち噂《うわさ》として宮中に広まった。式部もまた、彰子の自立を頼もしく感じるのであった。

そして後日、彰子のもとに当の藤原実資がやってくる。噂を聞き、どうしてもお礼を言いたいのだという。これからも朝廷を支えてほし

長和3年に伊勢大輔と偶然出会った清水寺（京都市東山区）

い、という彰子の言葉に、実資は感激する。そして「彰子さまは、まさに賢后と呼ぶにふさわしい。私は終生、彰子さまの味方となる」と宣言する。以後、式部は実資ら上流貴族と彰子をつなぐ取次役を担うことになった。

その後、式部は長和2年ごろにいったん宮仕えを退いたという。彰子付き女房の後輩であった伊勢大輔の歌集（『伊勢大輔集』）には、長和3年に式部と清水寺（京都市東山区）でばったり出会ったことが記されている。

式部は、彰子が病気になったと伝え聞いたため、その快癒祈願に赴いたのだという。ふたりは彰子のために燈火《とうか》を奉納した。このとき式部は伊勢大輔に、自分の命が長くないことを歌に乗せて告げる。しかし伊勢大輔は「まだまだ大丈夫でしょう」と返歌で励ましている。

その後、式部は宮中に一度復帰し、長和6年ごろには娘の賢子が彰子付きの女房として参内している。このとき賢子は18〜19歳、式部は45〜48歳くらいか。これに従えば、一時期は母子そろって宮仕えをしていたことになる。

そして、道長が出家したのと同年の寛仁《かんにん》3（1019）年ごろまで取次役を続けたとされる。その後の生涯は、まったく明らかでない。

大弐三位（藤原賢子。『小倉擬百人一首』より。国立国会図書館蔵）。越後弁、藤三位とも呼ばれた。長和6年ごろ彰子に出仕。後に後冷泉天皇の乳母となった

紫式部墓（京都市北区）。かつては紫式部が晩年を過ごした雲林院の寺域に含まれていたとされる。墓石背後の五輪塔が立つ墳丘が紫式部の墓で、火葬塚。14世紀の『河海抄』（かかいしょう）が記すように隣接して平安時代の公卿・小野篁の墓がある

平安京豆知識①

平安京は青丹色の都？

平安京の建物をスケールダウンして再建した平安神宮の蒼龍楼。青と朱の色がまぶしい（京都市左京区）

延暦《えんりゃく》13（794）年10月22日に、平安京は新たな都とされて、その後、1200年にわたり日本の首都となり、政治・経済・文化の中心地となった。建設された当時の平安京の姿は、どのようなものだったのか。「青丹《あおに》よし　奈良の都は　咲く花の……」という歌が『万葉集』に収録されている。これは奈良の都、すなわち平城京の町並みをうたった描写だ。「青」とは屋根をふく瓦の色、「丹」とは朱色のことで、朱に染められた柱を指している。朱の柱に青の瓦の建物が立ち並ぶ景観は、平安京も同じであった。「青丹よし」とは、平安京にも通じる称賛の言葉だったのだ。

しかし注意しなければならないのは、青丹色が見られたのは平安京のごく一部だったということ。当時の瓦は高価で、屋根に使用したのは官公庁や巨大な寺院だけに限られていた。庶民の家屋は、板ぶき屋根に板壁・土壁の質素なもので、もちろん朱色の太い柱などあるわけがない。華やかな都のイメージがある平安京だが、すべてが麗しい「青丹」だったわけではないのだ。

『信貴山縁起絵巻』に描かれた板ぶき屋根に土壁の庶民の家（国立国会図書館蔵）

第1部
紫式部とその家族

『春日権現験記』(国立国会図書館蔵)

藤原為時

不遇の時を過ごしながらも文人として名をはせた父

ふじわらの・ためとき

天暦3（949）年頃～長元2（1029）年頃

受領《ずりょう》（現地に赴任する地方長官）などを歴任した下級貴族・藤原雅正《まさただ》の三男として生まれる。母は右大臣・藤原定方《さだかた》の娘。

菅原文時《すがわらのふみとき》（菅原道真《みちざね》の孫）に師事し、文章生《もんじょうしょう》（中国の歴史・詩文を専攻する学生）となって学問で頭角を現した。同門には隠棲文学の祖とされる随筆『池亭記《ちていき》』の作者・慶滋保《よししげのやす》胤《たね》がいる。

文章生は学業を終えると諸国の掾《じょう》（地方の第三等官）に推薦・任官される制度（文章生外国《げこく》）があったので、為時も安和《あんな》元（９６８）年に播磨《はりま》（兵庫県南西部）の下級地方官（播磨権《ごんの》少掾《しょうじょう》）の職を得た（現地に赴任したかは不明）。永観《えいかん》2（９８４）年、東宮《とうぐう》（皇太子）時代から近侍していた花山《かざん》天皇が即位すると、学者の出世コースだった式部丞《しきぶのじょう》（学問・人事を司る式部省の第三等官）と、天皇の秘書にあたる六位蔵人《ろくいのくろうど》に取り立てられた（「紫式《むらさきしき》部《ぶ》」の呼称は為時の「式部丞」に由来）。しかし、花山天皇がわずか2年で退位すると、以後10年間は無官の状態で不遇の時を過ごすことになる。

長徳《ちょうとく》2（９９６）年、越前《えちぜん》（福井県北部）の国司《こくし》（地方長官）である越前《えちぜんの》守《かみ》に任じられ、娘の紫式部を伴って任地に下向した。越前は生産力の豊かな最上位の大国だったので、為時にとっては大抜擢だった。

その後、寛弘《かんこう》8（１０１１）年に越《えち》後守《ごのかみ》（越後＝佐渡島を除く新潟県全域）に任じられるも、理由は定かではないが長和《ちょうわ》3（１０１４）年に任期を1年残して辞任。長和5年、三井《みい》寺《でら》（園城寺《おんじょうじ》）で出家した。

為時は花山天皇に続く一条《いちじょう》天皇の治世には詩人として名声を高めていた。『続本朝往生伝《ぞくほんちょうおうじょうでん》』という平安時代後期の記録に「天下の一物」として、当時を代表する文士10人の中の1人に名が挙げられている。

出家後は寛仁《かんにん》2（１０１８）年に「為時法師」として漢詩を献じた記録があるが、その後の消息は不明。没年も明確ではない。

為時一家が赴任した「越前国府」跡(越前市・総社大神宮。越前市観光協会提供)

TOPICS

漢詩だけでなく和歌も得意

為時は村上《むらかみ》天皇の第七皇子・具平《ともひら》親王と漢詩仲間で、親王邸に招かれるほど親しい間柄だった。自らを具平親王家の「旧僕(昔からの下僕)」と称していたという。また、漢詩のみならず和歌にも優れ、『後拾遺和歌集《ごしゅういわかしゅう》』以下の勅撰《ちょくせん》和歌集(天皇や上皇の命令によって編纂《へんさん》された和歌集)に4首の和歌が選ばれている。

紫式部が父の〝尻ぬぐい〟?

為時は音楽の才能も持ち合わせていたらしい。宮中で正月の宴が催された際、藤原道長《みちなが》から天皇の御前で音楽を奏でる演奏者として抜擢されたことがあった。しかし、為時がろくに演奏もせず早々に退席したことから、紫式部が酔った道長に「父御はひねくれているな」と絡まれ、父の代わりに歌を詠まされそうになったという。

COLUMN

『今昔物語』の為時の逸話は本当なのか

一条天皇によって越前守に抜擢された為時だが、当初は淡路守《あわじのかみ》に任じられていた。これを不服とする為時は「苦学寒夜、紅涙霑襟《てんきん》を霑《うる》ほす、除《じ》目《もく》の後朝《ごちょう》、蒼天に眼在り(寒い夜でも血の涙が袖を濡らすほど学問に励んだ。そんな努力もむなしく、除目の春の朝は悲しみで天を仰ぐ結果になった)」の句を付した上申書を奏上して一条天皇や藤原道長を感動させ、越前守に振り替えられたという。

この逸話は『今昔物語集《こんじゃくものがたりしゅう》』などに記されているが、実際のところは為時が「詩の力」で越前守を勝ち取ったわけではない。北陸地方は中国大陸に面し、異国人と接する機会が多いことから、漢詩文に堪能な文章道出身者が任じられる地域だった。為時が越前守に抜擢されたのも、前年北陸に漂着した宋《そう》国人との交渉役としての起用とみられる。

世渡り上手で有能な官吏だった夫

藤原宣孝

ふじわらの・のぶたか

生年不詳〜長保3（1001）年

権中納言《ごんのちゅうなごん》・藤原為輔《ふじわらのためすけ》の子。母は参議《さんぎ》・藤原守義《もりよし》の娘（中納言、参議とともに上級貴族の「公卿《くぎょう》」に分類される朝廷の高官）。父・為輔が、紫《むらさき》式部《しきぶ》の父・藤原為時の従兄弟なので、紫式部とは又従兄妹の関係にある。

派手な姿で宣孝が詣でた金峯山寺蔵王堂（奈良県吉野町）

円融《えんゆう》・花山《かざん》天皇のもとで六位蔵人《ろくいのくろうど》を務め、一条《いちじょう》天皇のもとで筑前《ちくぜん》国（福岡県）の長官（筑前守）、大宰府《だざいふ》の次官（大宰少弐《だざいのしょうに》）、検非違使《けびいし》（京都の治安維持などを担う役職）の次官などを歴任した。紫式部の父・為時とは花山天皇の蔵人時代の同僚。

官吏として有能で、世渡りにも長けていたとみられ、失態をおかしても失脚することなくキャリアを重ねていった。一方、大胆な一面もあり、質素な装いで行うべき御嶽詣《みたけもうで》（吉野の金峯山《きんぷせん》への参詣）に「必ず身なりを悪くして参れとは御嶽の蔵王権現《ざおうごんげん》様もおっしゃっていない」とあえて派手な姿で参加して願をかけたという。その直後に筑前守に任じられたことで「宣孝の言う通りだった」と評判になったという逸話が清少納言の『枕草子』にある。

長保《ちょうほう》元（999）年に紫式部と結婚。同年末か翌年頃に娘・賢子《かたいこ》（大《だい》弐三位《にのさんみ》）が生まれたが、結婚からわずか2年後の長保3年に没した。

COLUMN

複数の女性を同時に口説く恋多き男

宣孝は紫式部の父と同世代であり、紫式部とは20歳前後の年齢差があったとみられる。結婚前には紫式部に対して熱心な恋文を何度も送っていたが、同時期に別の女性にも言い寄っていたという。女性関係が盛んで、紫式部以外に少なくとも3人の妻がいたと伝えられている。紫式部は宣孝の本妻ではなかったため、その結婚生活は宣孝が紫式部のもとを訪れる妻問婚《つまどいこん》の形式だった。

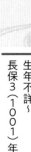

優れた歌人だったかもしれない、早世した母

藤原為信女

ふじわらの・ためのぶのむすめ

生没年不詳

越後守《えちごのかみ》などの受領《ずりょう》を歴任した中級貴族・藤原為信の娘だという素性は明らかだが、実名や生没年は不詳。母親は醍醐《だいご》天皇の外曾祖父《がいそうそふ》・宮《みや》道弥益《じのいやます》の一族出身とみられる。

藤原為信女

藤原為時が播磨《はりま》の下級地方官（権《ごんの》少掾《しょうじょう》）を務めていた頃に嫁いだとみられ、その後、紫式部《むらさきしきぶ》の姉にあたる長女、次女の紫式部、長男の藤原惟規《のぶのり》（紫式部の弟、もしくは兄）を産んだ。紫式部の子供時代についての数少ない資料である『紫式部日記』や『紫式部集』（紫式部が幼少期から晩年にいたるまでに詠んだ和歌を自らまとめた和歌集）には母に関する記述がないため、紫式部がまだ幼い頃に亡くなったと見られる。

平安時代末期に成立した準勅撰《じゅんちょくせん》和歌集『続詞花和歌集《しょくしかわかしゅう》』には「藤原為信女」が詠んだ「たればかり尋ねて来なむ山里に入りにし人はありやなしやと」という一首がある。同一人物であれば、紫式部の母は勅撰歌人と同等レベルで和歌に優れていたことになる。詞書《ことばがき》（歌が詠まれた背景等を記した前書き）には「物おもひけるころ鞍馬《くらま》にこもりて」とあるので、為時との関係が悪化した際に、夫の気を引こうと京都の鞍馬寺で、出家遁世する素振りなどを見せたことがあったのかもしれない。

COLUMN

母の早世が紫式部の男性観に影響を与えた？

藤原為信女の死後、夫の藤原為時は再婚し、二番目の妻との間に2男1女の子供をもうけた。幼くして母を失った紫式部は自分たちの家から後妻のもとに通う父の姿を見ながら育ったことになる。妻を亡くした男性が再婚するのは当時も珍しくはなかったが、そうした環境が紫式部の男性観に影響を及ぼした可能性も指摘されている。

女房としても歌人としても成功した恋多き娘

大弐三位（藤原賢子）

だいにのさんみ（ふじわらの・かたいこ）

長保元（999）年頃～永保2（1082）年頃

大弐三位（『小倉百人一首』より。国立国会図書館蔵）

紫《むらさき》式部《しきぶ》と藤原宣孝《ふじわらののぶたか》との間に生まれた娘。本名、藤原賢子。

母と同じく一条《いちじょう》天皇の皇后（中《ちゅう》宮《ぐう》）・彰子《あきこ》に女房（個人部屋を与えられて朝廷に仕えた上級女官）となる。出仕後、藤原道長《みちなが》の息子・頼宗、大納《だいな》言《ごん》・源時中《みなもとのときなか》の息子・朝任《あさとう》など公卿《くぎょう》層の貴公子たちとの恋愛を経て、関《かん》白《ぱく》・藤原道兼《みちかね》の次男・兼隆《かねたか》との間に娘をもうけた。兼隆との関係は2人の身分差から結婚と呼べるものではなかったという指摘もある。

万寿《まんじゅ》2（1025）年、当時皇太子だった敦良《あつなが》親王（後の後朱雀天皇）に第一皇子・親仁《ちかひと》親王が誕生すると乳母《めのと》に抜擢される。やがて親仁親王が後冷泉《ごれいぜい》天皇として即位すると、従《じゅ》三位《さんみ》・典侍《てんじ》（後宮の次官）の官位を得た。その後、後冷泉天皇の治世下でのちに大宰大弐《だざいのだいに》となる高階成章《たかしなのなりあき》と結婚し、一男一女をもうけた。女房名「大弐三位」は夫の官職と自身の位階に由来する。

歌人としても名をはせ、『後拾遺和歌集《ごしゅういわかしゅう》』以下の勅撰集《ちょくせんしゅう》に37首入集したほか『小倉百人一首《おぐらひゃくにんいっしゅ》』にも歌が選ばれた。私家集（個人の歌集）の『藤三位集《とうさんみしゅう》』（『大弐三位集』）には彰子に出仕後の貴公子たちとの恋の贈答歌も収められている。

永保《えいほう》2（1082）年まで存命していた記録はあるが、没年は不明。80歳を超える長寿だった。

COLUMN

高く評価された乳母としての働き

賢子が抜擢された宮中の乳母は、将来天皇になるかもしれない皇子の教育係を務める重要な存在だった。平安時代の歴史物語『栄花物語《えいがものがたり》』は後冷泉天皇の風流な人柄と、その治世の文化レベルの高さを褒めたたえる一節のなかで「乳母（賢子）が風流な人でいらっしゃったので、天皇をそのように育て上げられたのだろうか」と賢子の乳母としての働きを高く評価している。

低く評価されがちだが実は優秀な歌人だった弟

藤原惟規

ふじわらの・のぶのり

天延2（974）年?~
寛弘8（1011）年

紫式部の同母弟とされるが兄という説も。父・為時は紫式部が惟規より学才があることを知り「お前（紫式部）が男子でないことが残念だ」と嘆いたという。

寛弘《かんこう》4（1007）年、出世コースの六位蔵人に抜擢されたが、この人事は紫式部の中宮・彰子への出仕と関連したものとみられる。

翌年、中宮御所に盗賊が入る事件があり、惟規に手柄を立てさせようとした紫式部に呼び出されたが、間が悪くすでに帰宅しており、紫式部を失望させている。

また、中宮の出産見舞いに勅使として派遣された際にも、泥酔して礼を失するなど、官吏としてはあまり活躍できなかったようだ。一方、歌人としては優れた才能を発揮し『後拾遺和歌集』以下の勅撰集に10首入集。『今昔物語集』でも風流な人物として扱われている。

寛弘8年、父・為時が越後守に任じられると、老父のために蔵人を辞して同行したが、まもなく病気にかかり現地で没した。

父を超える官位を手にした異母弟

藤原惟通

ふじわらの・のぶみち

生年不詳~
寛仁4（1020）年

藤原為時《ためとき》の次男。為時が後妻との間にもうけた最初の男子。

寛弘《かんこう》6（1009）年に蔵人所雑色《ぞうしき》（蔵人《くろうど》の見習い）となり、長和《ちょうわ》2（1013）年には右兵衛尉（御所・行幸の警備等を司る兵衛府の三等官）に就任。寛仁《かんにん》3（1019）年、常陸介に任ぜられ、四位に叙された。常陸国（茨城県）は親王が国守を務める「親王任国」と呼ばれる国のひとつ。常陸守（「常陸太守」と称した）に任じられた親王は現地に赴任しなかったので、常陸介が実務上の国司の最高位だった。そんな出世を遂げた惟通だが、早くも翌年に任地で没した。惟通の死後まもなく、妻が常陸国の住人・平為幹に強姦される事件が起こっている。その後、惟通の母が朝廷に訴えたため、為幹は捕らえられたという。母や妻が惟通の死後も京都に帰らず常陸国にとどまっていることから、現地には惟通一族の財政基盤となるような荘園が存在していたともいわれる。

紫式部に仏教の素養を授けた異母弟？

定暹

じょうせん

生没年不詳

藤原為時《ためとき》の三男。惟通《のぶみち》の同母弟とされるが、僧は系図では在俗の兄弟のあとに記される習慣があったことから、惟通の兄あるいは紫《むらさき》式部《しきぶ》と年の近い兄・弟とも。

比叡山《ひえいざん》で修行し、長保《ちょうほう》4（1002）年、東三条院《ひがしさんじょういん》（一条《いちじょう》天皇の母）の追善供養の法華八講《ほっけはっこう》（『法華経』8巻を朝夕1巻ずつ4日間講義する法会）に延暦寺《えんりゃくじ》の僧として出仕。寛弘《かんこう》3（1006）年から同5年頃までに師の教静大阿闍梨《きょうじょうだいあじゃり》から伝法灌《でんぽうかん》頂《じょう》（密教の秘法を授ける儀式）を受け阿闍梨（密教の高僧）となったとみられる。寛《かん》弘《こう》8（1011）年、一条《いちじょう》天皇（一条院）の大葬において御前僧（宮中で法事を務める僧）の1人に選ばれた。

長和《ちょうわ》5（1016）年に父・為時が三井寺《みいでら》（園城寺《おんじょうじ》）で出家しているが、これは当時定暹が同寺林泉坊《りんせんぼう》に住んでいた縁によるとされる。『源氏物語《げんじものがたり》』から読み取れる紫式部《むらさきしきぶ》の仏教に対する素養の深さは定暹との交流によって育まれたとみる研究もある。

歌の才能を受け継ぎ〝和歌一家〟をつくった祖父

藤原雅正

ふじわらの・まさただ

生年不詳～応和元（961）年

藤原兼輔《かねすけ》の子。右大臣《うだいじん》・藤原定方《さだかた》の娘を妻に迎え、長男・為頼《ためより》、次男・為長《ためなが》、紫式部《むらさきしきぶ》の父にあたる三男・為時《ためとき》をもうけた。

刑部大輔《ぎょうぶたいふ》（裁判・刑罰の執行を司る刑部省の長官）や豊前国《ぶぜん》（福岡県東部・大分県北部）・周防国《すおう》（山口県東部）の受領《ずりょう》である豊前守《ぶぜんのかみ》・周防守《すおうのかみ》を務め、応和《おうわ》元（961）年、周防守の在任中に死去。極位《ごくい》（到達した最高の位階）は貴族としては最下位の従五位下《じゅごいのげ》にとどまった。一方、和歌では父・兼輔と同じく優れた才能を発揮し、紀貫之《きのつらゆき》、伊勢《いせ》ら当時を代表する歌人と交流があった。『後撰和歌集《ごせんわかしゅう》』（村上《むらかみ》天皇の下命によって編纂《へんさん》された2番目の勅撰《ちょくせん》和歌集）に7首選ばれている。ちなみに、三男・為時《ためとき》だけでなく、紫式部の伯父にあたる長男・為《ため》頼《より》、次男・為長《ためなが》も勅撰集の『拾遺集《しゅういしゅう》』『後拾遺集《ごしゅういしゅう》』に歌が選ばれる優れた歌人だった。祖父や父に加え、伯父たちの存在も紫式部《むらさきしきぶ》に文学的な影響を与えたと考えられる。

優秀な官吏として出世した曾祖父

藤原文範

ふじわらの・ふみのり

延喜9(909)年〜長徳2(996)年

参議《さんぎ》・藤原元名《ふじわらのもとな》の子。母は大納言《だいなごん》・藤原扶幹《すけもと》の娘。文章生《もんじょうしょう》出身で、六位蔵人《ろくいのくろうど》、式部丞《しきぶじょう》から摂津《せっつ》国(大阪府北西部・兵庫県南東部)の受領《ずりょう》(摂津守《せっつのかみ》)などを経て右大弁《うだいべん》(弁は朝廷の最高行政機関である太政官《だいじょうかん》の三等官。才能に優れ家柄の良い人材が選ばれた)、蔵人頭《くろうどのとう》(天皇の主席秘書)など要職を歴任。康保《こうほう》4(967)年に参議に任じられ、最終的には従二位《じゅにい》・中納言《ちゅうなごん》まで昇進した。蔵人頭と弁官の兼任は「頭弁《とうべん》」と呼ばれ、事務処理能力に優れた優秀な官吏が務めた。実際、文範は天皇の御下問を受けるほど官吏として有能で、朝廷内でも尊敬を集めていたという。

天禄《てんろく》2(971)年、洛北の岩倉《いわくら》に大雲寺《だいうんじ》を創建。『源氏物語《げんじものがたり》』若紫《わかむらさき》に登場する「北山のなにがし寺」を大雲寺とする説もある。長寿だった文範は紫式部の幼少期にも存命していた。幼くして母を亡くした紫式部を憐れみ、しばしば彼女を伴って大雲寺を参詣したという。

平安朝を代表する女性作家につながる祖父

藤原為信

ふじわらの・ためのぶ

生没年不詳

藤原文範《ふみのり》の子。母は越前守《えちぜんのかみ》・藤原正茂《まさしげ》の娘。同母兄・為雅《ためまさ》の妻(藤原倫寧《ともやす》の娘)の姉妹には『蜻蛉日記《かげろうにっき》』の作者・藤原道綱母《みちつなのはは》と『更級日記《さらしなにっき》』の作者・菅原孝標女《すがわらのたかすえのむすめ》の母がいる(両作とも平安朝を代表する日記文学)。

康保《こうほう》2(965)年、蔵人所《くろうどどころ》雑色《ぞうしき》から村上《むらかみ》天皇の六位《ろくい》蔵人《くろうど》となり、その後、越後守、右近衛少将《うこんえしょうしょう》(左近衛府《さこんえふ》とともに宮中の警護や御幸《ごこう》の供奉《ぐぶ》などにあたった右近衛府《うこんえふ》の次官)、右馬頭《うまのかみ》(左馬寮《さめりょう》とともに官馬《かんば》の調教・飼育を担った右馬寮《うめりょう》の長官)、摂津守《せっつのかみ》、常陸介《ひたちのすけ》などを歴任した。極位は従四位下《じゅしいげ》(正四位下《しょうしいげ》とも)。永延《えいえん》元(987)年に出家し、その後の消息については分からない。

為信が蔵人所雑色から六位蔵人に昇進した際、後任の雑色がのちに婿となり紫式部《むらさきしきぶ》を生む藤原為時《ためとき》だった。当時すでに為信と為時は交流を持っていたとみられ、この人事の背後には朝廷内で能吏として活躍していた父・文範の存在があったとする指摘もある。

平安京
豆知識
②

平安京の暮らしと文化

右は女性の夏服。左は男性の正装である束帯。中央は普段着の狩衣（国立歴史民俗博物館蔵）

平安京の暮らしと文化と言っても、基本的には記録にはっきりと残っているのは貴族階層のものだけ。庶民については、ほとんど記録には残っていない。貴族の住居といえば、寝殿造りがよく知られている。主殿である寝殿を中心に、左右対称に廊下で結ばれた家族の住居が配され、寝殿の前（南）には池があるというスタイルだが、近年は貴族の住まいは経済規模や時代によってさまざまで、一様ではなかったとされている。

衣服については、女性の着る十二《じゅうに》単《ひとえ》が有名だが、これは宮中に勤務する女官の正装。袿《うちぎ》と呼ばれる衣を12枚重ね着するのだが、実際には重ね着する枚数は時に応じて異なる。男性の貴族の正装は束帯《そくたい》。普段着は直衣《のうし》や狩衣《かりぎぬ》と呼ばれた。こうした宮中で着る衣服は、法令によって決められていたが、時代が下ると簡略化していった。

食事は午前10時ごろと午後4時ごろの2度が標準だった。貴族の食卓には全国から集められた珍しい食材が並んだが、保存技術が乏しく、調味料も未発達だったため、一見、豪華に見えるが、塩と酢で食べる硬い干物ばかりだったと思われる。

復元された「紫式部の献立」（永山久夫氏考証）。飯の周りには酒・酢・醤（ひしお）・塩が置かれ、干しイワシやアワビなども並んでいる（朝日新聞社提供）

第2部

歴代天皇と親王・后・皇子

『春日権現験記』(国立国会図書館蔵)

平安京を開き平安時代の礎を築く

桓武天皇

かんむ・てんのう

天平9（737）年〜延暦25（806）年

第50代天皇。平安遷都により平安時代を創出した。諱《いみな》は山部《やまべ》。光仁《こうにん》天皇の第一皇子。母は百済《くだら》系渡来人の高野新笠《たかののにいがさ》。在位は天応《てんおう》元（781）年から延暦《えんりゃく》25（806）年。

山部が生まれた奈良時代、皇位は天武《てんむ》天皇の子孫（天武系）が9代100年にわたり独占していた。天武の兄の子孫（天智《てんじ》系）だった山部は、即位は夢見ず官僚の道を歩む。

だが34歳の夏、怪僧道鏡《どうきょう》を寵愛した女帝称徳《しょうとく》（孝謙）天皇が跡継ぎのないまま崩御。度重なる政変と粛清で天武系男性皇族が枯渇していたため、山部の父が後継に選ばれた。10年後、病を理由に父は山部に譲位。

山部はこれを受け、同父母弟で僧籍にあった親王禅師《ぜんじ》を還俗《げんぞく》させ早良《さわら》親王として自分の皇太弟に定めた。

当時の都、平城京では、のちに南《なん》都《と》六宗《ろくしゅう》と呼ばれることになる国の保護を受けた6つの宗派が、政治への影響力を強めていた。桓武は彼らから距離を置くべく遷都を決意。即位から3年目にして北へ40キロほど離れた長岡《ながおか》京へと都を遷《うつ》す。南都六宗の移転は許さなかった。

翌年、桓武の腹心で新都造営責任者の藤原種継《ふじわらのたねつぐ》が暗殺され、早良親王が捕縛される。早良は関与を否認し憤死。そこから怪異が始まった。

早良の死から3年後、桓武の夫人藤原旅子《たびこ》が、翌年に生母が、その翌年には皇后藤原乙牟漏《おとむろ》と夫人坂上《さかのうえの》又子《またこ》が次々に死去。諸国では飢饉《ききん》と疫病が流行し、皇太子安殿《あて》も病の床に就く。陰陽寮《おんみょうりょう》の卜占《ぼくせん》は、これら凶事は早良の怨霊の仕業と断定。桓武は開都10年で不吉な長岡京を捨て、延暦13年、平安京へと遷都した。

以後、平安京は千年の都として栄える。礎を築いた桓武は、地方行政の再建、律令政治の振興、財政の緊縮などに、自ら積極的に関わっていく。また、この遷都を挟んで3度に及ぶ蝦夷《えみし》征討を敢行。坂上田村麻呂《さかのうえのたむらまろ》を征夷大将軍《せいいたいしょうぐん》に任じ、東北地方を平定した。

TOPICS

進言を受け入れ事業を停止

桓武天皇の2大事業といえば遷都と征夷。延暦24年、桓武は2人の参議《さんぎ》（政権幹部）、藤原緒嗣《ふじわらのおつぐ》と菅野真道《すがののまみち》に、善政について議論させた。若い緒嗣は、都造りと征夷が民を疲弊させている、と両事業の停止を主張。老臣の真道は両事業の継続を強く訴える。採用したのは緒嗣の事業停止案。桓武の崩御はその3カ月後のことだった。

桓武天皇は平氏の始祖

武家の名門、源氏と平氏のルーツはいずれも天皇家。皇族の身分を離れ、平という姓を与えられた「臣籍降下《しんせきこうか》」を経た者が平氏となった。その最初が、桓武天皇の子孫である桓武平氏。「平」は平安京にちなんだものともいわれている。平将門《たいらのまさかど》も清盛《きよもり》も桓武平氏で、平氏には他に仁明《にんみょう》平氏、文徳《もんとく》平氏、光孝《こうこう》平氏がある。

桓武天皇像（模本。東京国立博物館蔵、ColBase）

COLUMN

歴史的大敗を喫した桓武天皇の征夷軍

桓武天皇が最初に征夷軍を送ったのは延暦8（789）年。総勢5万2800人の大軍だが、坂東《ばんどう》諸国などからの寄せ集めで、兵糧も心もとなく統制に欠けていた。対するは蝦夷の族長、大墓公《たものきみ》阿弖利爲《アテルイ》。征夷軍は3隊6000人の部隊を編成し敵地に投入。蝦夷軍はわずか300人で、征夷軍に押されるとすぐ逃げた。

勢いづいた征夷軍は、村々に火を放ちながら北上を続ける。やがて3隊のうち2隊4000人が北上川《きたかみがわ》を越えアテルイの暮らす巣伏《すぶし》（岩手県奥州市水沢区）に迫った。軍が川と山麓に挟まれた隘路《あいろ》に至ったとき、前方に800人の蝦夷軍が出現。山中からはさらに400余の兵が飛び出し退路を断ち脇腹を突く。甲冑のまま川へ逃れた征夷軍は溺死1000余名、矢による死傷者270名、裸で逃げ帰った者は1260名。征夷軍は大敗を喫したのである。

在位3年余で2つのスキャンダル

平城天皇

（へいぜい・てんのう）

宝亀5（774）年〜天長元（824）年

第51代天皇。無用な官吏を省き、役所の統廃合を進め、財政緊縮に努めるなど職務に精励する一方、わずか3年と半月の在位中に2つの醜聞事件を起こした。諱《いみな》は初めは小殿《おて》、のちに安殿《あて》。桓武《かんむ》天皇の第一皇子。母は藤《ふじ》原乙牟漏《わらのおとむろ》。在位は延暦《えんりゃく》25（806）年から大同《だいどう》4（809）年。

平城天皇は即位するとすぐ、一人の女性を宮中に呼び戻した。自分の后の母親にして皇太子時代からの不倫相手、その乱倫ぶりが桓武帝の怒りを買い宮廷を追われた藤原薬子《くすこ》。長岡《ながおか》京造営中に暗殺された藤原種継《たねつぐ》の娘である。のちに薬子は兄の仲成《なかなり》とともに「藤原薬子の変」を起こすのだが、詳細は藤原薬子の項に譲る。この愛人呼び戻しに宮中が眉をひそめる中で起きたのが、大同2年の「伊予《いよ》親王の変」である。10歳近く年の離れた異母弟の伊予《いよ》に叛意《はんい》あり、と耳にした平城は、伊予とその母の藤原吉子《きっし》を幽閉。食物も与えられないまま、2人は無実を訴えながら服毒自殺した。当時から冤罪と見る向きが多かったようだ。真相は、薬子と仲成の陰謀とも、4系統ある藤原家（北家《ほっけ》、南家《なんけ》、式家《しきけ》、京家《きょうけ》の藤原四家《しけ》）の勢力争いとも、皇位継承がらみの事件とも考えられているが、定かではない。

2年後、生来病弱だった平城は、体調不良を理由に、同母弟の神野《かみの》親王（即位後は嵯峨《さが》天皇）に譲位。35歳という若さで太上《だいじょう》天皇となり、旧都平城京に隠棲した。

この後、平城の体調は大いに回復。国政へ介入したため、天皇と太上天皇の双方から詔《みことのり》が出る「二所《にしょ》朝廷」という異常事態に陥った。

弘仁《こうにん》元（810）年9月、復位に向け薬子に背を押された平城は、平城京遷都の詔《みことのり》を発した後、挙兵のため東国を目指す。しかし嵯峨天皇に機先を制され、平城京へ戻って剃髪、出家。仲成は朝廷が射殺、薬子は服毒し自害、近臣は追放される。平城は、太上天皇の名は許されたまま、平城京で失意の余生を送った。

平城天皇

TOPICS

辣腕《らつわん》ながら性格にやや難あり

史書『日本後紀《にほんこうき》』は平城天皇について「民をよく知り、高く広い見識を持ち、機知に富み、自ら国政上の重要事項を裁可し、自分を律して仕事に励み、法には厳格で臣下は畏怖の念を抱き、古の賢者や王よりも優れている」などと仕事ぶりを讃《たた》える一方で、その性格については「猜疑心が強く、上に立つ身ながら不寛容」と伝えている。

日本初と日本で2番目

平城の異母弟伊予とその母吉子、平城の愛人薬子は、毒を仰いで死んだ。飛鳥から平安までを記した、「六国史《りっこくし》」と総称される6つの正史では、伊予母子は史上最初の、薬子は2番目の、服毒自殺の記録である。正史以外の説話集『日本霊異記《にほんりょういき》』にまで目を向けると、その80年ほど前に自殺した長屋《ながや》王も、服毒であったということである。

COLUMN

宮中で覇を競った4つの藤原家

永きにわたり朝廷で権勢を誇った藤原氏は、奈良時代に4家に分かれて覇を競った。南家、北家、式家、京家である。

当初、権勢を誇ったのが南家。だが奈良時代末、怪僧道鏡《どうきょう》と孝謙《こうけん》上皇を敵にまわした藤原仲麻呂《なかまろ》の乱でつまづき、伊予親王の変でも力を失った。代わって台頭したのが、桓武の父である光仁天皇を擁立して力を得た式家。同家の種継《たねつぐ》は長岡京遷都の際に造営責任者にも任じられるほどの力を持っていたが暗殺され、その子供で家の衰退を恐れた仲成と薬子の兄妹は、薬子の変で敗れ滅ぼされた。以後、嵯峨天皇の信頼を得て北家が急速に力を伸ばす。明治維新の折、137あった上級貴族のうち93家が北家の系統である。「この世をば我が世とぞ」と思った道長《みちなが》や、近衛《このえ》家、一条《いちじょう》家、九条《くじょう》家、鷹司《たかつかさ》家、二条《にじょう》家といった名門も、みな北家の流れだ。

能書家「三筆」の1人

嵯峨天皇

さが・てんのう

延暦5（786）年～承和9（842）年

嵯峨天皇御影
（模本。東京国立博物館蔵、ColBase）

第52代天皇。書と漢詩を能《よ》くし、空海や橘 逸勢《たちばなのはやなり》とともに平安時代を代表する能書家「三筆《さんぴつ》」に数えられる。諱《いみな》は神野《かみの》（賀美能）。桓武《かんむ》天皇の第二皇子。母は藤原乙牟漏《おとむろ》。平《へい》城《ぜい》天皇の同母弟。在位は大同《だいどう》4（809）年～弘仁《こうにん》14（823）年。

嵯峨天皇に譲位した病気の兄、平《へい》城《ぜい》上皇は、1年もしないうちに健康を回復。多数の官人を連れ平城京に移った。上皇の愛人、薬子《くすこ》もいまだに尚侍《ないしのかみ》の職にあった。尚侍は、天皇が太政官《だいじょうかん》（当時の内閣）へ下す命令書の発給を掌《つかさど》っていた。

弘仁元年9月、平城上皇は復位をもくろみ、平城京遷都を迫って挙兵を企てる。嵯峨は蝦夷《えみし》征討で知られる坂上田村麻呂《さかのうえのたむらまろ》を用いてこれを制圧。以後、「弘仁の治」とも呼ばれる安定した治世となった。

嵯峨は法令集『仁格《にんきゃく》』『弘仁格式《しき》』『内裏式《だいりしき》』を編纂《へんさん》して法制を整備。勅撰《ちょくせん》漢詩集『凌雲集《りょううんしゅう》』『文華秀麗《ぶんかしゅうれい》集《しゅう》』を編む。また、およそ30人の女性との間に50人近い子をもうけた。皇子は23人。うち17人が臣籍降下《しんせきこうか》し、源氏を称した。嵯峨源氏は、全部で21系統もある源氏（源氏二十一流）の最初のひとつ。嵯峨は源氏の祖といえる。

COLUMN

同じ船で留学した三筆の空海と橘逸勢

三筆の2人、空海《くうかい》と橘 逸 勢《たちばなのはやなり》はともに唐《とう》へ渡り、2年後の延暦《えんりゃく》23(804)年、一緒に帰国した遣唐使《けんとうし》仲間だ。帰国時、空海32歳、逸勢24歳、神野親王は20歳。薬子の変で空海は嵯峨のため大祈禱《だいきとう》を行い、同年、東大寺《とうだいじ》の別当《べっとう》に任命され、6年後には高《こう》野山《やさん》を下賜《かし》された。比して逸勢は地味で穏やかな生涯を送るが、嵯峨上皇崩御の2日後、謀反《むほん》の疑いで捕縛。拷問を受け配流の途上で憤死している。

文化政策に注力した温厚な天皇

淳和天皇

じゅんな・てんのう

延暦5（786）年～承和7（840）年

淳和天皇

第53代天皇。先帝の嵯峨天皇から平安前期の漢詩文学全盛期を引き継ぐ。諱《いみな》は大伴《おおとも》。桓武《かんむ》天皇の第7皇子。母は藤原旅子《ふじわらのたびこ》。嵯峨《さが》天皇の異母弟。在位は弘仁《こうにん》14（823）年から天長《てんちょう》10（833）年。

野心に乏しく、父桓武帝崩御の際には臣籍降下《しんせきこうか》を願い出たが、長兄の平城《へいぜい》天皇に引き止められた。

即位後も次兄嵯峨上皇の影響下にあり、皇太子には上皇の嫡男を立てた。ちなみに嵯峨と淳和は同い年である。美貌の皇后（正子内親王）は嵯峨帝の娘で、彼女は私財を投じて京《みやこ》中の孤児を養育したという。

政治面では善良で有能な官吏を積極的に登用し、検非違使《けびいし》制度を強化した。また国司《くにのつかさ》（地方官）にも良吏《りょうり》を充てて地方政治の再建に努めたほか、宮廷の財源とするため天皇が開発を命じた田地「勅旨田《ちょくしでん》」を大規模に開発し、国家財政の立て直しを図った。

文化面では、漢詩集『経国集《けいこくしゅう》』を編んで平安初期文学を盛り上げ、史書『日本後紀』、法律書『令義解《りょうのぎげ》』の編纂《へんさん》に注力。嵯峨天皇から次代の仁明《にんみょう》天皇までの3代は「崇文《そうぶん》の治《ち》（文を尊ぶ治世）」とも呼ばれる平穏な時代となった。

COLUMN

歴代でただ一人散骨で葬られる

病を得た淳和上皇は、2つの願いを告げる。薄《はく》葬《そう》（簡略な葬儀）にすべし、遺骨は砕いて山中にまくべし。「では臣子《しんし》はどこにお参りすれば良いのですか」と周囲は反対したが、遺志は尊重され、京都市西京区の小塩山《おしおやま》山頂で散骨の礼が行われた。歴代天皇唯一である。遺灰が舞っていった東側の山麓には灰方町《はいがたちょう》の名が今に残る。山頂の陵《みささぎ》は、朝廷の陵リスト「諸陵式《しょりょうしき》」には記載されていない。

承和の変のときの天皇

仁明天皇

にんみょう・てんのう

弘仁元(810)年〜
嘉祥3(850)年

仁明天皇

第54代天皇。嵯峨《さが》天皇の代から続く「崇文《そうぶん》の治《ち》」を締めくくった。諱《いみな》は正良《まさら》。嵯峨天皇の第2皇子。母は橘《たちばなの》嘉智子《かちこ》。在位は天長《てんちょう》10(833)年から嘉祥《かしょう》3(850)年。

目立った業績は見当たらず、「承《じょう》和《わ》の変」のときの天皇として記憶されることが多い。すなわち平安時代のキーパーソン、藤原良房《ふじわらのよしふさ》が台頭しはじめたときの天皇である。詳細は良房の項に譲るが、良房は謀略により先帝淳和の子を仁明の皇太子の座から引きずり降ろし、自分の妹と仁明の間にできた道康《みちやす》親王と挿《す》げ替えた。「三筆《さんぴつ》」の一人、橘逸勢《たちばなのはやなり》も、この変に巻き込まれ落命している。仁明天皇も一枚かんでいたという説もある。

政治的には権力ではなく統治者の徳で人民を治める儒教の徳治主義を目指した。文章と書が巧みで、勅《ちょく》撰《せん》漢詩集『経国集《けいこくしゅう》』に詩1編を残す。読書家で、弓と音楽に優れ、菊の花をことのほか愛し、医学にも関心が深く、医師なみの知識を持っていた。一方、側室が多くぜいたくを好んだともいわれる。

嘉祥3年3月、病を得て出家。上皇にはならないまま、その2日後に、清涼殿《せいりょうでん》において崩御した。

COLUMN

病気の仁明を心配し父帝が薬を提案

仁明天皇は病弱だった。彼の動静を記した『続《しょく》日本後紀《にほんこうき》』には「7歳で腹結《ふっけつ》の病(腹痛)、8歳で臍《へそ》下の絞るような長引く痛みと繰り返す頭痛、元服後には胸を患い……」と病歴の記述がある。父親の嵯峨天皇が「昔、私が同じ病を得たときは金《きん》液丹《えきたん》(硫黄《いおう》から作った万能薬)と白石英《はくせきえい》を一緒に飲んだら効いたよ、医者たちには止められたけどね」と服薬の助言をしたこともあった。

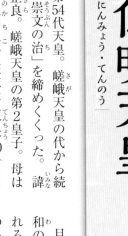

藤原良房に圧迫され続けた天皇

文徳天皇

もんとく・てんのう

天長4（827）年〜天安2（858）年

文徳天皇（法金剛院蔵）

第55代天皇。伯父の藤原良房《ふじわらのよしふさ》に乗っ取られたかのような人生だった。諱《いみな》は道康《みちやす》。仁明《にんみょう》天皇の第1皇子。母は藤原良房の妹、順子《のぶこ》。在位は嘉祥《かしょう》3（850）年から天安《てんあん》2（858）年。

『文徳天皇実録《じつろく》』は、その人柄を「非常に明察で奸智を見抜き享楽を好まず政治に熱心」と伝えている。承《じょう》和《わ》の変での伯父藤原良房のゴリ押しで皇太子となり、23歳で即位。跡継ぎの皇太子には第1皇子で6歳の惟《これ》喬《たか》親王を望んだ。

だが天皇より23歳年長の右大臣良房は、自分の娘の明《あきらけい》子《こ》が産んだばかりの第4皇子、惟仁《これひと》を推挙。御所を兵に警備させ50人の僧に読経させるなか、強引に生後8カ月の赤子を皇太子に据える。良房は天安元年に、臣下では初の太政大臣《だいじょうだいじん》にまで上りつめた。

病弱で朝議や節会（公式の酒宴）を休むことも多かった文徳は、在位9年目の天安2年、31歳の夏に突然、倒れる。近従が慌て騒ぐなか、言葉を発することもなく4日後に崩御した。死因は脳卒中といわれているが、暗殺説を唱える研究者もいる。皇位は良房の孫で8歳の惟仁が継承した。

COLUMN

内裏で暮らすことがなかったお内裏様

国文学者の目崎徳衛《めざきとくえ》によると、文徳天皇は在位中、一度も内裏《だいり》（宮城内の天皇の私的空間）に住まなかった。最初の3年は皇太子が住むべき東宮《とうぐう》雅《が》院《いん》。次いで宮城内の梨下《なしもと》院へ移り、翌年から崩御までの4年間は嵯峨《さが》上皇の御所だった冷泉《れいぜい》院で過ごした。これは前例のないことで、背景には藤原良房との「隠微ながら相当な摩擦・対立があったのではないか」と目崎は推察している。

藤原良房が摂政を務めた
清和天皇
せいわ・てんのう

嘉祥3(850)年〜元慶4(880)年

清和天皇(清和院蔵)

第56代天皇。外祖父(母方の祖父)藤原良房《ふじわらのよしふさ》に政権を握られた。諱《いみな》は惟仁《これひと》。文徳《もんとく》天皇の第4皇子。母は良房の娘、明子《あきらけいこ》。在位は天安《てんあん》2(858)年から貞観《じょうがん》18(876)年。

先帝の突然死により8歳で即位。政治は太政大臣《だいじょうだいじん》で外祖父の藤原良房が総覧した。当時は女御《にょうご》(皇后、中宮《ちゅうぐう》に次ぐ位の女官で、更衣《こうい》の上)でも実家で出産し、皇子は母の実家で外祖父に育てられたため、外祖父の影響力はとても強かった。

清和が16歳の折、大極殿応天門《だいごくでんおうてんもん》が全焼する。当初は左大臣《さだいじん》源信による放火とされたが、ほどなく源信を陥れるための大納言《だいなごん》伴善男の犯行と判明。善男は流罪、彼を片腕とした右《う》大臣《だいじん》藤原良相《ふじわらのよしみ》も力を失い、源信もショックから立ち直れず、結果、太政大臣良房に権勢が集中した。

この間に人臣初の摂政《せっしょう》となった良房は、養嗣子の基経《もとつね》を中納言に大抜擢。その妹で、歌人の在原業平《ありわらのなりひら》と醜聞があった高子《たかいこ》を、8つ年下の清和に入内《じゅだい》させた。

6年後、良房死去。以後、基経の補佐で清和帝が自ら政務に当たったが、27歳で突如、譲位し出家。以後、畿内の諸寺院を熱心に巡拝し、30歳で崩御する。

COLUMN

源頼朝も足利尊氏も清和天皇の子孫

清和天皇は多くの子を成した。皇子のうちの4人、孫の王のうち12人が臣籍降下《しんせきこうか》し、源氏を称する。清和源氏である。ことに第6皇子貞純《さだずみ》親王の子、源経基《みなもとのつねもと》の子孫は大いに繁栄し、摂津《せっつ》源氏、多田《ただ》源氏、大和《やまと》源氏、河内《かわち》源氏などの系統を生んだ。鎌倉幕府初代将軍の源頼朝も、室町幕府初代将軍の足利尊氏《あしかがたかうじ》も、清和天皇の子孫。江戸幕府を開いた徳川家康《とくがわいえやす》も子孫を自称している。

暴悪無双と評された乱行の数々

陽成天皇

ようぜい・てんのう

貞観10（868）年～天暦3（949）年

第57代天皇。粗暴で悪王と呼ばれた。諱《いみな》は貞明《さだあきら》。清和《せいわ》天皇の第1皇子。母は藤原基経《ふじわらのもとつね》の妹、高子《たかいこ》。在位は貞観《じょうがん》18（876）年から元慶《がんぎょう》8（884）年。

陽成天皇（『小倉百人一首』より。国立国会図書館蔵）

生後1カ月半で皇太子になり、満8歳に届かぬうちに即位。藤原良房《よしふさ》の養嗣子、基経《もとつね》が摂政《せっしょう》を務めた。鎌倉時代の書物『愚管抄《ぐかんしょう》』には「限りなき悪王。殺人を遊びとされた」とある。蛇に蛙を何匹ものませ、猫に鼠を捕らせ、猿と犬を闘わせて殺し、ついには人を木に登らせて殺し笑い興じる。摂政との関係も悪く、基経は長期にわたり出仕を拒否することもあった。

元慶7年11月、官人の源益《みなもとのまさる》が内裏で陽成のそば近くに仕えていて何者かに殴り殺された。益の母は陽成の乳母《めのと》、益は陽成の乳兄弟である。犯人は見つからなかったが、陽成が事件に関与していたとの噂《うわさ》が立った。翌年2月、陽成は病気を理由に譲位する。実際は、基経により廃位されたという見方が一般的だ。このとき、まだ満15歳。

退位後の陽成は上皇として65年を生き、81歳で崩御する。第58代光孝《こうこう》天皇、59代宇多《うだ》天皇、60代醍醐《だいご》天皇よりも後まで生きた。

COLUMN

和歌の評価はあまり高くなかった

百人一首には、陽成院の歌が収められている。

筑波嶺《つくばね》の　みねより落つる　みなの川
恋ぞつもりて　淵となりぬる

筑波山の水無乃川《みなのがわ》のように、細く、ほのかな私の恋も、積もり積もって深い淵になりました。陽成帝の跡を継いだ光孝天皇の皇女、綏子《やすこ》内親王に送った歌で、綏子は陽成院の妃になった。深いよどみを表す「淵」という語に、何やら凄みを感じる。

初めて関白を置いた文化人

光孝天皇

こうこう・てんのう

天長7(830)年～
仁和3(887)年

第58代天皇。初めて事実上の関白《かんぱく》を置いた天皇となった。諱《いみな》は時康《ときやす》。仁明《にんみょう》天皇の第3皇子。母は藤原沢《ふじわらのさわ》子《こ》。在位は元慶《がんぎょう》8(884)年から仁和《にんな》3(887)年。

陽成《ようぜい》帝の廃位を見据え、摂政《せっしょう》で太《だい》政大臣《じょうだいじん》の藤原基経《もとつね》は、次期天皇の人選に入った。候補者となる親王たちが色めき立つなか、ただ1人、質素な暮らしぶりと毅然とした態度を崩さなかったのが、54歳の時康親王である。

時康の母と基経の母が姉妹だったこと、時康が政治に無関心だったこともプラスに働き、基経は時康を抜擢。時康は即位と同時にすべての子供を臣籍降下《しんせきこうか》させ、自分の子孫に皇位を継がせる意思がないことを表明した。

さらに「すべてのことは基経を通せ」という詔《みことのり》を発し、これが事実上の関白の始まりと見なされている。

光孝天皇(『小倉百人一首』より。国立国会図書館蔵)

光孝天皇は和歌や和琴《わごん》に秀で、鷹狩りの復活や相撲の奨励など宮中文化の振興に力を注いだ。

即位から3年半後、光孝は病を得て崩御。直前、基経は跡継ぎについて尋ねる。すべて任せるとの答えを受け、光孝が寵愛した第7皇子を推す。臣籍降下した子が親王に復し即位した、初の例である。

COLUMN

貴人は料理などしなかった時代

『徒然草《つれづれぐさ》』の176段は、光孝天皇の逸話だ。「黒戸御所《くろどのごしょ》は、光孝天皇が即位後も一般人だったとき自炊していたことを忘れずにいて、いつもそれをやった場所である。薪ですすけたので黒戸と言うのだ」と。日常的に自炊する天皇とは前代未聞。「百人一首」所収の和歌も、自炊を思わせる。

君がため　春の野に出でて　若菜つむ
我が衣手に　雪はふりつつ

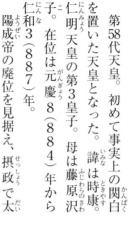

初めて正式に関白を置く

宇多天皇

うだ・てんのう

貞観9(867)年〜
承平元(931)年

第59代天皇。初めて正式に関白《かんぱく》を置いた。諱《いみな》は定省《さだみ》。光孝《こうこう》天皇の第7皇子。母は班子《なかこ》。在位は仁和《にんな》3(887)年から寛平《かんぴょう》9(897)年。

仁和寺宇多天皇木像(横山松三郎撮影。東京国立博物館蔵、ColBase)

即位した宇多天皇は、太政大臣《だいじょうだいじん》で摂政《せっしょう》の藤原基経《ふじわらのもとつね》を関白に任ずる詔《みことのり》を発する。幼帝や病の帝を補佐するのが摂政、成人後を補佐するのが関白で、最終判断は天皇が下す仕組みである。加えて基経の娘を女御《にょうご》に迎え、政界随一の実力者との融和を図った。

だが基経は、詔の中に許せぬ文言があるとして政務を拒否。結局、詔を起草した寵臣 橘 広相《たちばなのひろみ》(天皇と広相の娘の間には皇子まであった)を罷免し、詔を出し直して事は収まった。この「阿衡《あこう》の紛議《ふんぎ》」で、藤原氏の権勢が天皇を上回ることが天下に示される結果となった。

さて、その後、宇多帝は数年の親政を経験する。このときは菅原道《すがわらのみち》真《ざね》など藤原北家から遠い人材も起用し、成果を上げた。そして満30歳の夏、12歳の皇太子の敦仁《あつぎみ》親王を突然、元服させ、その日のうちに譲位。自身は太政天皇《だいじょうてんのう》となる。2年後には出家。仁和寺《にんなじ》に入り、史上初の法《ほう》皇《おう》(出家した上皇)として、政治への関与を始めたのである。

COLUMN

「寛平の治」と讃《たた》えられた宇多帝の親政

阿衡の紛議は宇多天皇に、藤原氏に対する強い不満を抱かせた。そこで基経が寛平3(891)年に死去すると、跡を継いだ藤原時平《ときひら》がまだ20歳だったこともあって、親政を推進する。源 能有《みなもとのよしあり》(文《もん》徳《とく》天皇の皇子)、菅原道真、平 季長《たいらのすえなが》、そして藤原時平を重用し、遣唐使の停止、戸籍の整備、私営田《しえいでん》の抑制、国司《こくし》の権限強化などの改革を次々に実行。後の世からは「寛平《かんぴょう》の治《ち》」として理想視された。

三宝院／醍醐天皇御影（東京国立博物館蔵、ColBase）

父を排して善政をしく

醍醐天皇

だいご・てんのう

元慶9（885）年～延長8（930）年

第60代天皇。摂関《せっかん》を置かず親政を進めた。諱《いみな》は維城《これざね》、のちに敦仁《あつぎみ》。宇多《うだ》天皇の第1皇子。母は藤原胤《ふじわらのたね》子《こ》。在位は寛平《かんぴょう》9（897）年から延長《えんちょう》8（930）年。

父、宇多天皇の突然の譲位により醍醐天皇は満12歳で即位した。このとき先帝は天皇の心得を記した「寛《かん》平御遺誡《ぴょうのごゆいかい》」を息子に渡す。日常の所作から人事にまで及ぶ訓戒は天皇必読とされ『源氏物語《げんじものがたり》』第一帖「桐《きり》壺《つぼ》」にも「宇多の帝の御誡《おんいまし》め」として登場している。

醍醐は訓戒に従い、父の寵臣だった藤原時平《ときひら》と菅原道真《すがわらのみちざね》を左右の大臣に据え、摂関を置かずに政務に臨む。当初は若年ゆえ、宇多上皇の力にすがる部分も大きかった。

昌泰《しょうたい》4（901）年、時平の讒言《ざんげん》により、醍醐は道真を大宰府《だざいふ》に左遷する。巻き返しを図った藤原氏の陰謀と考えられていたが、今日では道真を介した宇多上皇の政治関与を排するため醍醐と時平が共謀した、と見る向きが多い。

醍醐の治世は平安最長の33年にも及び、その善政は「延喜《えんぎ》の治」と讃《たた》えられた。日本初の勅撰《ちょくせん》和歌集『古《こ》今《きん》和歌集』が編まれたのも、醍醐帝の時代である。

COLUMN

宮中を襲った菅原道真のたたり

左遷から2年後、菅原道真は大宰府で窮乏の末、死去する。その6年後、藤原時平が39歳で急死。さらに21年後、会議中の清涼殿《せいりょうでん》に雷が落ちる。道真左遷に加担していた藤原清貫《きよつら》は胸を裂かれて即死。他にも顔面を雷に直撃されるなどして5人が死亡、4人が負傷した。人々は道真の怨霊が雷神となったのだと噂し、おびえた。醍醐天皇もこれ以降は体調を崩し、3カ月後に崩御する。

優しく穏やかで病弱

朱雀天皇

すざく・てんのう

延長元（923）年～
天暦6（952）年

第61代天皇。摂関《せっかん》政治を復活させた。諱《いみな》は寛明《ゆたあきら》。醍醐《だいご》天皇の第11皇子。母は初代関白《かんぱく》藤原基経《ふじわらのもとつね》の娘、穏子《やすこ》。在位は延長《えんちょう》8（930）年から天慶《てんぎょう》9（946）年。

朱雀天皇

母の穏子は、醍醐帝が右大臣《うだいじん》菅原《すがわらの》道真《みちざね》を無実の罪で左遷した2カ月後、入内《じゅだい》した。朱雀の兄、保明《やすあきら》親王を産んだのが、道真が大宰府《だざいふ》で窮死した9カ月後。保明は満19歳で早世する。たたりとの噂が立ち、醍醐は道真に正二位《しょうにい》を追贈するが、台風に疫病と災厄は収まらなかった。後の朱雀帝、寛明親王の誕生は、兄の死から半年もたたぬころ。穏子は幾重にも巡らした几帳《きちょう》の奥で、道真の怨霊から隠すようにして息子を育てた。寛明が2歳の折には、亡兄保明の息子（穏子にとっては孫）が、4歳で夭逝している。

優しく穏やかで病弱に育った寛明親王は、醍醐帝崩御を受け7歳で即位。伯父で左《さ》大臣の藤原忠平《ただひら》が摂《せっ》政《しょう》となり、40年ぶりに摂関政治が復活する。その御世は、東で平《たいらの》将門《まさかど》の乱、西では藤原純友《すみとも》の乱、自然災害も多い穏やかならざるものだった。朱雀は23歳で譲位。6年後に出家し、その5か月後に29歳で、母より2年早く崩御した。

COLUMN

朱雀朝を揺るがした2つの反乱

藤原純友の乱と平将門の乱は同時期に起きた。共謀を疑う噂は当時からあって、平安後期の『大《おお》鏡《かがみ》』には密議の様が書かれている。室町時代には将門と純友が比叡山から都を見下ろし「将門は桓武天皇の子孫だから帝に、純友は藤原氏だから関白になろう、と約した」と見てきたような話に膨らんだ。比叡山四明岳《しめいがたけ》には2人が立ったという巨石まであるが、もちろん史実ではない。

華麗な王朝文化が開花

村上天皇

むらかみ・てんのう

延長4（926）年～康保4（967）年

村上天皇（永平寺蔵）

第62代天皇。親政により財政再建に努めた。諱《いみな》は成明《なりあきら》。醍醐《だいご》天皇の第14皇子で朱雀《すざく》天皇の同母弟。母は藤原基経《ふじわらのもとつね》の娘、穏子《やすこ》。在位は天慶《てんぎょう》9（946）年から康保《こうほう》4（967）年。20歳で即位した際には藤原忠平が関白に就く。3年後、忠平が69歳で没して以後は摂関《せっかん》を置かず、左右大臣に藤原実頼《さねより》、師輔《もろすけ》の兄弟を据え、菅原道真《すがわらのみちざね》の孫で文章博士《もんじょうはかせ》の菅原文《ふみ》時《とき》を顧問に充てて親政に励む。急務は、平将門《たいらのまさかど》の乱と藤原純友《すみとも》の乱による地方の荒廃のために歳入のめどが立たない国家財政の立て直し。倹約令の発令、徴税の徹底、歳出削減、人事考課の厳格化などに力を注いだ。

琵琶や琴に造詣が深かった村上帝は、文学芸能に理解を示し、2番目の勅撰《ちょくせん》和歌集『後撰《ごせん》和歌集』を編纂《へんさん》。自身も歌集『村上天皇御集《ぎょしゅう》』や日記『村上天皇御記《ぎょき》』を遺す。また、月見、花見、歌合などもしばしば催した。その治世は醍醐帝の『延喜《えんぎ》の治《ち》』と並ぶ『天暦《てんりゃく》の治』と讃《たた》えられたが、政治の実権は左右大臣の藤原兄弟が握っていた。天徳《てんとく》4（960）年には内裏《だいり》が火災で失われている。

COLUMN

枕草子に描かれた村上帝の言動

村上帝の御世から35年後に完成した清少納言《せいしょうなごん》の『枕草子《まくらのそうし》』175段には、村上帝の冬の逸話が登場する。帝が月夜、器に盛った雪に梅を挿し「歌を詠め」と女官に命じると、彼女は和歌ではなく「雪月花の時」と漢詩で返し、帝はひどく感心された、と。先々代の醍醐帝の『古今和歌集』勅撰以降、漢詩中心の宮廷文学に和歌が台頭。双方を慈しむかのような村上帝の言動が面白い。

摂政関白が常置され摂関政治が確立

冷泉天皇《れいぜい・てんのう》

天暦4（950）年～
寛弘8（1011）年

冷泉天皇

第63代天皇。奇行の人。諱《いみな》は憲《のり》平《ひら》。村上《むらかみ》天皇の第2皇子。母は藤《ふじ》原安子《わらのやすこ》。在位は康保《こうほう》4（967）年から安和《あんな》2（969）年。

憲平親王は生後2カ月で皇太子に選ばれた。このとき村上天皇には、すでに第1皇子の広平《ひろひら》親王があった。だが広平の母は従三位《じゅさんみ》中納言の藤原元方《もとかた》の娘。一方、憲平の母は村上朝の実権を握る正二位《しょうにい》右大臣、藤原師輔《もろすけ》の娘。孫の即位を夢見ていた元方はひどく落胆し、3年もたたぬうちに病没する。

さて皇太子には、足が傷つくのも全く気にせず1日中蹴鞠《けまり》を続けたり、父帝の手紙への返信として陰茎を大きく描いて送ったり、清涼殿《せいりょうでん》近くの番小屋の屋根に座り込んだりと奇行が目立った。そのため皇位継承に疑義を唱える者もあったが、藤原氏の強い意向が働いて18歳で即位。在位期間は2年3カ月にも満たなかったが、この短い期間に藤原氏は摂政関白《せっしょうかんぱく》の常置を成功させ、摂関政治が完成する。

退位後は61歳で崩御するまで40余年を上皇として過ごす。その間も、火事から逃れる牛車の中で大声で歌ったりなど、奇行がやんだわけではなかった。

COLUMN

『源氏物語』に登場する冷泉帝ゆかりの寺

冷泉天皇の中宮昌子《ちゅうぐうまさこ》内親王は夫の奇行を憂い、京都市左京区岩倉《いわくら》の大雲寺《だいうんじ》に、観音院《かんのんいん》を建立した。同院は脳病平癒の御利益で知られている。

『源氏物語《げんじものがたり》』第5帖、幼い紫の上が初登場する「若《わか》紫《むらさき》」は、光源氏が京の北山にある「なにがし寺」を訪ねるところから始まる。この寺のモデルが大雲寺だといわれている。同寺を建立したのが中納《ちゅうな》言《ごん》藤原文範《ふみのり》。紫式部の母方の曾祖父である。

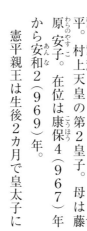

円融天皇

えんゆう・てんのう

藤原兄弟間の権力闘争に振り回された少年天皇

天徳3（959）年～正暦2（991）年

円融天皇

第64代天皇。諱《いみな》は守平《もりひら》。村上《むらかみ》天皇の第5皇子。5歳で死別した母は藤原師輔《ふじわらのもろすけ》の娘、安子《やすこ》。冷泉《れいぜい》天皇の同母弟。在位は安和《あんな》2（969）年から永観《えいがん》2（984）年。

第4皇子の為平《ためひら》親王を差し置いて皇太子になる（源高明《みなもとのたかあきら》の項を参照）。満10歳で即位。10年ほど前に亡くなった母方の祖父師輔の、兄にあたる実頼《さねより》が、冷泉帝の関白《かんぱく》の任を終え円融帝の摂政《せっしょう》となる。

だが実頼は1年足らずで病没。師輔の長男で皇太后安子より3歳年上の伯父、藤原伊尹《これただ》が藤氏長者《とうしのちょうじゃ》（藤原氏のトップ）となり、摂政および右《う》大臣《だいじん》に就任する。翌天禄《てんろく》2（971）年には、伊尹は太政《だいじょう》大臣に就き、朝廷の実権を握るが、同3年、病の床に伏した。

これを受け、師輔の次男兼通《かねみち》と三男兼家《かねいえ》の摂政の座を巡る争いが激化。当初は兼通が参議《さんぎ》を経て中納言《ちゅうなごん》へと順調に昇進したが、兼家は参議を経ずに中納言から権大納言《ごんだいなごん》を経て大納言と、兄を抜いた。

帝は実頼の息子、頼忠《よりただ》とともに親政を行うつもりだったが、天禄3年、伊尹が没すると兼通は強引に実権を奪取。しかし5年後に病没し、天下の権は兼家に移った。

COLUMN

取り出だしたるは、かねてより これあるを期しての書き付け

弟の藤原兼家と摂政の座を争う兼通は、守平親王（後の円融帝）が自分より弟に信を置いていることに感づいていた。そこで妹で帝の母でもある安子に迫り「関白職は兄弟の順序に従うべし」との一筆を書かせておいた。伊尹が危篤となると、兼通はその書き付けを取り出し帝に見せた。死に別れた母の懐かしい筆跡に触れた帝は、兼通を関白に任ぜざるを得なかった、ともいわれている。

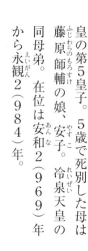

藤原兼家に謀られ出家

花山天皇

かざん・てんのう

安和元(968)年~寛弘5(1008)年

花山天皇(元慶寺蔵)

第65代天皇。藤原兼家《ふじわらのかねいえ》に謀《はか》られ、わずか2年足らずで退位させられた。諱《いみな》は師貞《もろさだ》。冷泉《れいぜい》天皇の第1皇子。母は摂政《せっしょう》藤原伊尹《これただ》の長女懐子《ちかこ》。在位は永観《えいがん》2(984)年から寛和《かんな》2(986)年。

母方の祖父、藤原伊尹の逝去時、師貞親王は4歳。12年後、後ろ盾がないまま花山帝として即位したとき、皇太子になったのが円融《えんゆう》天皇の第1皇子、4歳の懐仁《やすひと》親王(後の一条天皇)である。その母は、右大臣《うだいじん》藤原兼家の娘の詮子。兼家にとって花山帝は、孫が皇位に就くまでの「つなぎ」に過ぎない。そんな孤独な天皇が夢中になったのが女御の藤原忯子《よしこ》だった。だが彼女は親王を懐妊中の寛和元年7月に急死してしまう。

深く悲しんだ天皇は「出家し忯子を供養したい」と口走ってしまう。これを知った兼家は三男の道兼《みちかね》に命じ「私も一緒に出家します」と説得して天皇を連れださせ、剃髪《ていはつ》させてしまった。ほどなく道兼の姿が消えたことから裏切りを知った花山帝だが時すでに遅く、三種の神器も懐仁親王の居所へ移った後だった。

出家し比叡山延暦寺《ひえいざんえんりゃくじ》で法皇となった花山は、紀州の観音霊場を巡礼。その足跡は「西国三十三所《さいごくさんじゅうさんしょ》巡礼」として今に継承されている。

COLUMN

主君の突然の出家で職場を失った紫式部の父

永観2(984)年、花山帝即位。このとき、式部《しきぶの》丞《じょう》・六位蔵人《ろくいのくろうど》という出世コースに乗ったのが、親王の教育係だった藤原為時《ためとき》、35歳。菅原道真《すがわらのみちざね》の孫に師事し、和歌や漢詩に通じ、少し変わり者と評判のこの人物こそ、紫式部《むらさきしきぶ》(当時11歳)の父である。娘の通称は、この時の官職に由来する。が、花山帝は在位2年で出家。為時は意に反し、10年にわたり官職がない「散位《さんい》」の状態に置かれる。

紫式部の時代の帝

一条天皇

いちじょう・てんのう

天元3(980)年〜寛弘8(1011)年

第66代天皇。中宮彰子《ちゅうぐうあきこ》に紫式部《むらさきしきぶ》が、定子《さだこ》に清少納言《せいしょうなごん》が仕えた。諱《いみな》は懐仁《やすひと》。円融《えんゆう》天皇の第1皇子。母は藤《ふじ》原兼家《わらのかねいえ》の次女、詮子《あきこ》。在位は寛和《かんな》2(986)年から寛弘《かんこう》8(1011)年。

一条帝は生まれたときから、藤原兼家とその子供たちに周囲をガッチリと固められていた。兼家は、村上朝の「天暦《てんりゃく》の治《ち》」を支えた師輔《もろすけ》を父に、村上《むらかみ》帝の皇后で冷泉《れいぜい》帝および円融帝の皇太后である安子《やすこ》を姉に持つ。子には花山《かざん》帝の出家を手引きした道《みち》兼《かね》や、そのとき密かに三種の神器を間もなく一条帝になる懐仁親王の元へ運んだ道隆《みちたか》や、一条帝の母の詮子、三条帝の母の超子《とおこ》がいた。「この世をばわが世」と思い、紫式部を娘の彰子の家庭教師に招き、『源氏物語』の最初の読者になった道長《みちなが》も、兼家の子だ。

花山帝の出家により即位したのが満6歳のとき。兼家が摂政《せっしょう》に就き、それを長男道隆が関白《かんぱく》となって引き継いだ。5年後、道隆病没。後は弟の道兼が継ぐも、数日で病没。道兼は「七日《なのか》関白」と揶揄《やゆ》される。

15歳の帝は以後、関白を置かなかった。道隆は嫡男への権力委譲を願っていた。だが弟の道長が、皇太后で姉の詮子の力を借り「内覧《ないらん》」という要職を得てこれを奪う。ただ、道隆にとっては娘の定子が帝に入内《じゅだい》しており、帝も3つ年上の皇后を寵愛していたことは安心材料だった。

それから4年後、道長は11歳の長女彰子を19歳の帝に入内させる。一帝二后という前代未聞の事態だった。

2年後、定子は難産の末、崩御。彰子は、定子の子でまだ2歳の第1皇子敦康《あつやす》親王を愛情込めて育てた。后が産んだ第1皇子なら皇太子になるのは当然のことで、一条帝もそれを望んだが、後年、道長が選んだのは娘の彰子が産んだ第2皇子。彰子は怒りをあらわにしたという。

さて、一条帝は在位四半世紀の後、病を得て出家し、3日後に崩御する。満31歳になったばかりだった。

一条天皇（真正極楽寺蔵）

TOPICS

猫好きの帝と犬好きの中宮

一条天皇は猫好きで「命婦《みょうぶ》の御許《おとど》」と名付けた猫を飼っていた。「命婦」は従五位下《じゅごいのげ》以上の位の女性のこと、「御許」は高貴な女性の敬称。これは今日に伝わる飼い猫の名前としては、日本最古と言われる。『枕草子《まくらのそうし》』第9段「上にさぶらふ御猫は」は、一条帝と「命婦の御許」、そして中宮定子の愛犬「翁丸《おきなまる》」についての切ない逸話である。

官人に気を使う帝

一条帝は公正温雅で笛が巧みだった。『枕草子』第230段は、某官人《かんにん》をからかう戯《ざ》れ歌を聞いた帝が、それを笛で吹いてみせる話だ。皆が「どうぞ大きな音で。彼には聞こえやしません」とねだっても「どうだろう」と小さな音で吹く。けれど時にはお出ましになりながら「今はいないぞ、好機だ」と大きな音で奏でて聞かせたという。

COLUMN

道長の専横を不快に思うことも

一条帝の御代に、藤原道長は権力を求め、のし上がっていった。天皇の外戚の地位を得るため、すでに長兄道隆の娘である定子が皇后になっているにもかかわらず、自身の娘彰子を入内させ、一帝二后という前代未聞の状態を現出させたりもした。紫式部と清少納言の、表向きは衝突することもなく互いに競い合う様子は、彼女たちが仕える彰子と定子のそれぞれの立場を抱えた姿でもあり、后の父である道長と道隆の互いに譲れぬ姿にも見えよう。

一条帝と道長も、表向きは衝突することもなかった。だが、内心は穏やかではなかったかもしれない。『愚管抄《ぐかんしょう》』によると、帝の崩御後、遺品の中から「三光明ならんと欲し重雲を覆ひて大精暗し」と書かれた手紙が見つかった。道長は「天皇の威光を自分が覆い隠している」との批判と解釈し、焼き捨てたという。

災難続きの短い在位

三条天皇

さんじょう・てんのう

天延4（976）年～寛仁元（1017）年

第67代天皇。藤原道長《ふじわらのみちなが》との軋轢《あつれき》に苦しんだ。諱《いみな》は居貞《おきさだ》。冷泉《れいぜい》天皇の第2皇子。母は藤原兼家《かねいえ》の長女、超子《とおこ》。在位は寛弘《かんこう》8（1011）年から長和《ちょうわ》5（1016）年。

居貞親王が生まれた時、父の冷泉は退位から7年を経た上皇だった。母方の祖父、藤原兼家は、自分によく似た容姿の孫を寵愛する。父が精神を病んだ奇行の人で、母とは早くに死別という弱い立場ながら、一《いち》条《じょう》天皇の皇太子になれたのは（しかも一条帝は4つも年下なのだ）、兼家の強い押しがあったからだ。

一条帝の御代は四半世紀に達した。皇位を継承する時点で、居貞は35歳。兼家はすでに亡く、冷泉もほどなく崩御する。世は兼家の息子、道長《みちなが》の時代を迎えていた。道長は、娘の彰子《あきこ》と一条帝の間に生まれた3歳の敦成《あつひら》親王を、天皇にする機をうかがっているところだった。

道長は、三条帝即位の前年、次女の妍子《きよこ》を輿入れさせていた。在位2年目の長和2年、彼女は禎子《さだこ》内親王を産む。この子が皇位継承の可能性がある男児だったら、道長も外戚となることを期待して、父の三条帝を切り捨てたりはしなかったろう。

翌長和3年2月、内裏《だいり》焼失。道長は「帝の徳が至らぬから」という意の言葉を口にしたという。このころから三条帝は眼病を患いはじめ、道長は、これでは政務に支障ありと、しきりに譲位を勧めた。翌年9月、内裏の再建が終了。そして11月、内裏が再び焼けた。

道長は、天皇への反抗姿勢を崩さない。やがて三条帝の心が折れる。次の天皇の皇太子には自分の第1皇子である敦明《あつあきら》親王を立てよ。それを条件に長和5年、三条帝は退位、出家し、翌年5月に崩御した。敦明親王は後一条天皇の皇太子になったが、道長の圧力で父の死の3カ月後に廃され、道長の長女彰子《あきこ》が産んだ敦良《あつなが》親王が取って代わり皇太子となった。

三条天皇

TOPICS

道長の陰湿ないやがらせ

三条帝には2人の女御《にょうご》があった。10年以上連れ添い4人の親王を成した娍子《すけこ》と、即位の前年に入内《じゅだい》した道長の次女妍子。即位後、三条は娍子を皇后に格上げし立后式を行う。道長は同じ日に妍子の初参内を決行。道長の威光を恐れ大臣公卿《くぎょう》の多くは妍子の宴に参加。立后式には5人しか集まらず、式の進行もままならなかった。

盲《めし》いた目で月を仰ぐ

百人一首の68番は、三条天皇の御製《ぎょせい》である。

心にも　あらでうき世に　ながらへば
恋しかるべき　夜半の月かな

意に反してこのつらい世を生きながらえたならば、宮中で見たこの月を懐かしく思うことだろう……。

三条帝は、冬の月を詠じたこの歌を中宮《ちゅうぐう》妍子（道長の次女）に聞かせると、翌月、退位した。

COLUMN

失われゆく視力になすすべもなし

三条帝は即位2年目、37歳のときに生まれた第3皇女の禎子内親王を、ことのほかかわいがった。すでに視力を失いつつあった帝は、手探りで愛娘《まな》の美しい髪をなで「こんなに美しい髪なのに、見られないのは、実に情けなく口惜しい」と声を立てて泣くこともあったという。

眼病平癒を願い、さまざまな治療も試みた。もともと御風《かぜ》（神経系の慢性疾患）があったのだが、医者たちが「寒のうちの水を頭にかけなさい」と言うので、氷が張った水をたくさんかけたところ、ひどく震えわななき、顔色も変わってしまった、と平安後期の歴史物語『大鏡《おおかがみ》』には記されている。金液丹《きんえきたん》という万能薬を飲んだときには「その薬を飲んだ人は、そのように眼を悪くする」などと言われた。比叡山で祈願してもよくならず「比叡山の天狗のたたり」と噂《うわさ》されただけだった。

藤原道長初の外孫

後一条天皇

「ごいちじょう・てんのう」

寛弘5（1008）年～長元9（1036）年

後一条天皇

第68代天皇。藤原道長《ふじわらのみちなが》にとって初めての外孫。諱《いみな》は敦成《あつひら》。一条《いちじょう》天皇の第2皇子。母は道長の長女彰《あき》子《こ》。在位は長和《ちょうわ》5（1016）年から長元《ちょうげん》9（1036）年。

道長邸で生まれ、8歳で即位。幼少の天皇には左大臣《さだいじん》道長が摂政《せっしょう》に就く。翌年、摂政を長男で25歳の頼《より》通《みち》に譲り、自身は長男の後見に回った。在位は20年に及んだが、後一条帝が政治に強く関与することはなかった。

皇太子には、約束により三条《さんじょう》天皇の第1皇子、22歳の敦明《あつあきら》親王が立つ。だが道長は、皇太子の証しとして伝授する壺切御剣《つぼきりのみつるぎ》を敦明には渡さず、皇太子の事務を担当する東《とう》宮大夫《ぐうのだいぶ》の人選にも協力しなかった。道長に遠慮し皇太子を訪れる者も少なく、不安に耐えかねた敦明は、半年で道長に辞意を伝える。道長は敦明に太上天皇《だいじょうてんのう》に準ずる待遇を与え、三女の寛子《ひろこ》をめとらせるなど破格の気配りを見せている。

後一条帝10歳の折、道長四女の威《たけ》子《こ》が入内《じゅだい》。一条帝中宮《ちゅうぐう》の彰子《あきこ》、三条帝中宮の妍子《きよこ》と合わせ、この時点で道長の娘3人が后となる。道長に批判的な藤原実資も、「一家立三后《いっかりつさんごう》、未曾有《みぞう》」と驚嘆した。

COLUMN

長女章子は、おっとり型 次女馨子の子は夭逝

威子の入内を祝う宴で、道長が酔いに任せて即興で詠じたのが、「この世をば　我が世とぞ思ふ　望月の　欠けたることも　なしと思へば」の歌である。

威子は後一条帝の叔母で8歳年上。唯一の后だが、子供は女児2人だけだった。後一条帝が28歳で崩御すると、威子も半年足らずで疱瘡《ほうそう》で死去。第1皇女は後冷泉《ごれいぜい》帝に、第2皇女は後三条《ごさんじょう》帝に入内したが、2人とも子を残すことはなかった。

道長一族の凋落が始まる

後朱雀天皇

ごすざく・てんのう

寛弘6（1009）年～
寛徳2（1045）年

後朱雀天皇

第69代天皇。気骨ある人と伝わる。諱《いみな》は敦良《あつなが》。一条《いちじょう》天皇の第3皇子。母は藤原道長《ふじわらのみちなが》の長女彰子《あきこ》で、後一条《ごいちじょう》天皇の一つ違いの同母弟。在位は長元《ちょうげん》9（1036）年から寛《かん》徳《とく》2（1045）年。

兄の後一条帝と同様、道長邸で生まれる。兄に男児がないため皇位を継いだ。即位は兄よりずっと遅く27歳、在位は半分足らず。

道長は敦良が19歳のときに世を去っていたが、政治は道長の長男で関白《かんぱく》・左大臣《さだいじん》の頼通《よりみち》、五男で内《ない》大臣の教通《のりみち》、右《う》大臣で道長に批判的だった藤原実資《さねすけ》らが見ていたため、天皇自らが携わる機会はなかった。

敦良親王は12歳のとき、道長六女の嬉子《よしこ》をめとった。4年後、後冷泉《ごれいぜい》天皇となる第1皇子が生まれるが、はしかにより嬉子は2日後に急逝。2年後、藤原家ではない三条《さんじょう》天皇の皇女、禎子《さだこ》内親王が入内《じゅだい》し尊仁《たかひと》親王を産む。道長の子供たちは外戚《がいせき》の地位を死守すべく頼通が養女を、教通と次男の頼宗が娘を入内させるが男児は得られない。頼通らは、後朱《ごす》雀《ざく》帝が崩御の2日前に発した、尊仁親王を後冷泉帝の皇太子にするという詔《みことのり》にも猛反対してみたが、後朱雀帝は受け付けなかった。

COLUMN

関白殿のお仕打ちははた目にもあまりなほど

関白頼通の養女、嫄子《もとこ》の入内に先立ち、皇后の禎子内親王は内裏を退出することとなった。

いまはただ　雲居の月を　ながめつつ
めぐりあふべき　ほどもしられず

今となっては里に下がり遠くの月を眺めるだけ。月とも言うべき方に逢うことなど、とても……。

帝に別れの歌を残して去った不遇な禎子を支えたのは、頼通に反抗的な異母弟、藤原能信《よしのぶ》である。

ただ頼通の言うがまま

後冷泉天皇

ごれいぜい・てんのう

万寿2（1025）年～治暦4（1068）年

第70代天皇。政治には無関心だった。諱《いみな》は親仁《ちかひと》。後朱雀《ごすざく》天皇の第1皇子。母は藤原道長《ふじわらのみちなが》の六女、嬉子《よしこ》。在位は寛徳《かんとく》2（1045）年から治《じ》暦《りゃく》4（1068）年。

後冷泉天皇

鎌倉時代初期の史論書『愚管抄《ぐかんしょう》』は、後冷泉帝は政治に関して「ひとえに、ただ宇治《うじ》殿のまま」、つまり、すべてにおいて宇治殿こと関白藤原頼通《よりみち》の言うがままだった、と伝えている。19歳で即位した帝の関心は、もっぱら蹴鞠《けまり》や歌合わせなどの遊興にあった。

頼通は天皇の外戚となるべく一人娘の寛子《ひろこ》を、また頼通の弟の教通《のりみち》も三女の歓子《よしこ》を入内させた。すでに後《ご》一条《いちじょう》天皇の第1皇女の章子《あきこ》内親王という后もいたが、いずれの后も跡継ぎには恵まれなかった。これにより、藤原摂関家は、外戚の立場を失うことになる。

永承《えいしょう》6（1051）年には陸奥《むつ》国で、前九年の役（豪族安倍頼時《あべのよりとき》と、息子の貞任《さだとう》・宗任《むねとう》らの反乱）が勃発。鎮圧に11年を要する。

治暦3年、75歳の頼通は50年にわたり務めた摂関職を弟の教通に譲り、宇治に隠遁。同年、天皇は宇治へ行幸し、翌年4月、急病により崩御した。

COLUMN

光源氏の別荘が平等院鳳凰堂

「前九年の役」が勃発した翌年の永承7年は、釈迦の教えが衰退し現世から救いが消える「末法《まっぽう》」時代の始まる年とされていた。関白藤原頼通は『源氏物語《げんじものがたり》』の「宇治十帖《じゅうじょう》」の舞台である宇治に、平等院鳳凰堂《びょうどういんほうおうどう》を建立し極楽往生を祈念する。

建物の敷地は、光源氏のモデル 源融《みなもとのとおる》の別荘があった場所。それが陽成《ようぜい》帝、宇多《うだ》帝、朱雀《すざく》帝らを経て頼通の別荘「宇治殿」となった土地だった。

藤原摂関家を外戚としない天皇

後三条天皇

ごさんじょう・てんのう

長元7（1034）年〜延久5（1073）年

後三条天皇

第71代天皇。藤原《ふじわら》摂関《せっかん》家から天皇家の権力奪還を目指した。諱《いみな》は尊《たか》仁《ひと》。後朱雀《ごすざく》天皇の第2皇子。母は三《さん》条《じょう》天皇の第3皇女、禎子《さだこ》内親王。在位は治暦《じりゃく》4（1068）年から延《えん》久《きゅう》4（1072）年。

寛平《かんぴょう》9（897）年の宇多《うだ》帝退位以来、実に171年ぶりの、藤原摂関家を外戚としない天皇である。尊仁が異母兄の帝位を継ぐ皇太弟《こうたいてい》に選ばれたのが満10歳。即位が33歳。その間、藤原頼通《よりみち》は、例によって壺切《つぼきり》御剣《のみつるぎ》を渡さないなどの嫌がらせを続けたが、先帝は世継ぎをもうけぬまま崩御。頼通は弟の教通《のりみち》に後を託し隠棲した。

後三条帝は摂関家の財源切り崩しに着手する。荘園《しょうえん》整理令を発し、先帝即位後につくった、あるいは手続きに不備がある荘園を没収。既得権者から離れた専門機関を置き、摂関家にも厳しく対応した。改革成功の背後には、摂関政治に不満を抱く中級以下の貴族たちの存在があった。後三条帝は度量衡の改定や、優秀な人材の登用にも熱心に取り組んだが、病気のためわずか4年半で譲位。半年後に崩御する。

その翌年、頼通と藤原彰子《あきこ》が、翌々年には教通もまた、世を去った。

COLUMN

乱暴者としての逸話も多い人物

後三条帝即位の立役者が藤原道長の四男、能信《よしのぶ》だ。異母兄弟ゆえ頼通や教通から差別されてきた彼は、禎子《さだこ》内親王が入内《じゅだい》すると中宮大夫《ちゅうぐうのだいぶ》として仕え、尊仁親王が生まれると後見人を引き受ける。後朱雀天皇が病床に就くと尊仁親王を皇太弟にする遺詔《いしょう》を発するよう説得。藤原の外孫でないため嫁の来手のなかった尊仁に養女の茂子《しげこ》を嫁がせている。彼女の子供の一人が、後の白河天皇である。

桓武天皇にたたりをもたらした実弟

早良親王

さわら・しんのう

天平勝宝2（750）年～
延暦4（785）年

光仁《こうにん》天皇の第2皇子で桓武《かんむ》天皇の同母弟。桓武より13歳年少。幼時から東大寺《とうだいじ》の僧に学び、11歳で出家。朝廷が保護する南都七大寺の、東大寺と大安寺《だいあんじ》で研鑽《けんさん》を積む。父の即位後は親王禅師《ぜんじ》と呼ばれ、東大寺を開いた高僧良弁《ろうべん》の後継者として寺の指導的立場に立った。

天応《てんのう》元（781）年に兄が桓武天皇として即位すると、31歳で還俗。皇太子になる。

延暦《えんりゃく》4（785）年、寺院勢力の増大と僧侶の政治介入を問題視した桓武が、彼らを切り離すべく平城《へいじょう》京から長岡《ながおか》京への遷都を断行。その際、新都の造営責任者の藤原種継《ふじわらのたねつぐ》が暗殺される事件が起こった。還俗《げんぞく》後も東大寺との太いパイプを持っていた早良も、遷都反対派の一人と見なされて捕縛。皇太子の地位を廃され幽閉される。早良は無実を訴え、10日余にわたり抗議の断食を続ける。結局、淡路《あわじ》国（淡路島）への流罪となったが、移送中に河内《かわち》国（大阪府）で死去した。これに関しては、桓武が食物の供給を断ち、餓死させたとする説もある。早良が種継の暗殺事件に関与したとされる確たる証拠は挙がっていない。

早良親王を祀る崇道神社（京都市左京区）

COLUMN

天皇を苦しめ続けた早良親王の怨霊

早良親王が非業の死を遂げると、桓武天皇の近親者が相次いで死ぬなどの凶事が続発した。早良のたたりと考えた桓武は怨霊を鎮めるべく、延暦19年に「崇道《すどう》天皇」の尊号を追贈し、早良の配流先だった淡路国の陵墓に陰陽師《おんみょうじ》や僧を派遣して陳謝。さらに崩御前年の延暦24年には早良の遺骸を故郷の大和《やまと》国に改葬している。桓武は死ぬまで早良の怨霊におびえ続けていたようだ。

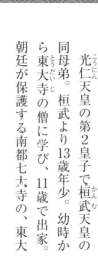

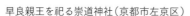

信仰あつく温和な皇后

橘 嘉智子

たちばなの・かちこ

延暦5（786）年～
嘉祥3（850）年

嵯峨《さが》天皇の皇后。仁明《にんみょう》天皇と正子《まさこ》内親王（淳和《じゅんな》天皇の皇后）の母。寛容で温和な絶世の美女だったと伝えられる。信心深く、檀林寺《だんりんじ》（日本初の禅宗尼寺）を建立した。

淳和天皇崩御の2年後、嵯峨上皇が崩御。淳和と正子の子で上皇に守られていた皇太子、恒貞《つねさだ》親王に危険が迫る。実子を皇太子にしたい仁明天皇には、恒貞は邪魔な存在。恒貞派は急ぎ親王を東国へ逃がした。これを知った嘉智子は側近の藤原良房《ふじわらのよしふさ》を呼ぶ。良房は東国で挙兵をもくろんだ謀反《むほん》として処理。結果、嘉智子の外孫は皇太子を廃され、内孫が次期天皇となる。この承和《じょうわ》の変で、嘉智子の従兄 橘 逸勢《たちばなのはやなり》が命を落とし、約40名が左遷や流罪となった。

8年後、嘉智子は仁明天皇崩御の翌月に世を去る。遺言により、遺骸は都の路傍に放置された。鳥獣の飢えを救い、白骨へと変わる姿を見せて諸行無常を自ら示すためである。変化の様子を絵師に描かせた、という伝説も残されている。

藤原氏による権力闘争の犠牲者

源 高明

みなもとの・たかあきら

延喜14（914）年～
天元5（983）年

醍醐天皇の第10皇子。『源《げん》氏物語《じものがたり》』主人公、光源氏のモデルの一人とも言われる。藤原《ふじわら》氏による他氏排斥の標的となり、大宰府《だざいふ》へ流刑同然の左遷となった。

6歳で臣籍降下《しんせきこうか》。25歳で公家の最高職たる公卿《くぎょう》。朝廷の実力者、藤原師輔《もろすけ》の三女をめとり、死別後は五女と結婚。妻の姉で村上《むらかみ》天皇の中宮、安子《やすこ》の中宮大夫《ちゅうぐうだいぶ》を務め、村上朝の右大臣《うだいじん》に。娘は村上天皇の第4皇子で皇位継承の最有力候補、為《ため》平《ひら》親王に嫁がせる。これが藤原氏を警戒させた。翌年、冷泉《れいぜい》天皇即位。高明は左大臣に就く。皇太子は為平と考えられていたが、高明が天皇の外戚になることを恐れた藤原氏が、弟の守平《もりひら》（後の円融《えんゆう》天皇）をその座に押し込んだ。

さらに2年後、高明は謀《む》反《ほん》の疑いで大宰府に送られる。平安京の豪邸も焼失。妻子は次々に出家した。

高明は朝儀に精通し、著書『西宮記《さいきゅうき》』は朝廷の公事《くじ》典礼の典拠。勅撰《ちょくせん》和歌集には22首が採録されている。

平安京豆知識③

平安京と洛陽・長安

長安城の城壁（陝西省西安市）

平安京は、中国の古代都市である洛陽《らくよう》（河南省洛陽市）や長安《ちょうあん》（陝西省西安市）を手本として造成された。平安京建設当時、日本は中国の唐から律令制に代表される多くの法・政治制度・学問を学んでいた。首都の建設にあたり、中国の都市を模倣するのは当然であった。日本だけでなく、東アジアの中国文化圏にある首都はすべて、洛陽や長安に倣った都市だった。その大きな特色は、①南北方向に街区が配される、②中心軸を持ち左右対称、③城壁を持つ、以上の3点だ。

しかし、平安京は洛陽や長安とは大きく異なる点もあった。まず、規模がまるで違う。平安京は、長安のわずか3分の1の大きさであった。これは当時の日本と「大唐帝国」と呼ばれた唐の国力の差を如実に反映したものだ。もちろん人口もはるかに少ない。平安京の人口は20万に届かなかったと推定されているが、対する長安は100万都市。また、上記③の城壁も、平安京では形だけマネをして南の羅城門《らじょうもん》の脇に申し訳程度の城壁しか造られなかった。異民族に攻められる危険のない島国の日本では、城壁は不要だったのだ。

平安京の羅城門跡（京都市南区）

第3部

藤原氏の人々

『春日権現験記』（国立国会図書館蔵）

上皇を反乱に導いた希代の悪女?

藤原薬子

ふじわらの・くすこ

生年不詳〜大同5(810)年

平安初期の女官。父は太政大臣《だいじょうだいじん》・藤原種継《たねつぐ》。藤原縄主《ただぬし》という公卿《くぎょう》と結婚し、三男二女をもうけた。やがて長女に朝廷からお呼びがかかり、皇太子の安殿《あて》親王(後の平城《へいぜい》天皇)に仕えることとなった。

ところが、薬子が娘を連れて安殿親王に出仕すると、安殿は薬子にも興味を示した。薬子は一緒に出仕することとなり、宣旨《せんじ》という役職も授かった。これはいわゆる取次役で、史料上では薬子が初となる。安殿が人妻に執着している、と聞いた父の桓武《かんむ》帝は、薬子を遠ざけるべく東宮《とうぐう》(皇太子とその宮殿)から追放した。延暦《えんりゃく》25(806)年、桓武天皇が崩御すると安殿親王が即位(平城天皇)し、薬子を呼び戻した。与えられた役職は典侍《てんじ》、続いて尚侍《しょうじ》という。これは女官を束ねる職で、典侍が次官、尚侍が長官となる。また平城帝は夫の縄主を大宰府《だざいふ》に飛ばし、誰はばかることなく薬子を寵愛するようになる。同時に薬子の異母兄の仲成《なかなり》も大いに出世した。

大同《だいどう》4(809)年、平城帝は病に伏し、弟の神野《かみの》親王(嵯峨《さが》天皇)に譲位して太上《だいじょう》天皇(上皇)となる。そして自身は幼少期を過ごした奈良(平城《へいじょう》京)に移った。薬子や仲成らは、上皇に平城京への再遷都と、再び帝位につくことを進言する。「二所朝廷」といわれるような状況となり、政治は混乱した。嵯峨天皇は、人心を惑わす行為だと真っ向から対立。まず兄の奸臣(悪心をもつ家臣)たる仲成を捕縛した。

平城は薬子とともに挙兵し、兵を募るため東国(美濃《みの》など)へ向かおうとするが、嵯峨帝は坂上《さかのうえの》田村麻《たむらま》呂《ろ》らに先回りさせてこれに対峙させる。ついにあきらめた平城は奈良に帰って剃髪《ていはつ》し、薬子は服毒自殺した。一連の事件は「薬子の変」と呼ばれてきたが、近年では事件の主体はあくまでも平城上皇(太上天皇)であるとして「平城太上天皇の変」と呼ばれることが多い。

藤原薬子(『日本歴史画譚』より。国立国会図書館蔵)

TOPICS

式家の大物・藤原種継

薬子の父の藤原種継は、太政大臣まで上りつめた公卿で、平城京から長岡《ながおか》京への遷都を桓武天皇に建言し、その建設現場で暗殺されたことでよく知られる。藤原氏は奈良時代に藤原北家《ほっけ》・南家《なんけ》・式家《しきけ》・京家《きょうけ》に分裂するが、種継は式家の祖・宇合《うまかい》の孫にあたる。しかし式家は、平城太上天皇の変により衰退した。

薬子の夫・藤原縄主という人

縄主も藤原式家の人で、平安時代最初期に参議《さんぎ》となり、公卿の仲間入りをしている。平城天皇が即位すると、大宰帥《だざいのそち》(大宰府の長官)として九州へ派遣されるが、これも考え方によっては栄転といえる。やがて薬子が平城帝の反乱に加担するが、経緯が経緯だけに大宰府の縄主が処罰されることはなかった。

COLUMN

薬子と平城の関係から乱を振り返る

かつては、乱の主体は藤原薬子と仲成であり、薬子は平城をそそのかした悪女とされてきた。しかし近年はそうした見方も見直しが進んでいる。安殿親王が薬子を寵愛したのは事実のようだが、これ自体はさして珍しいことでもない。かりに薬子が本当に有能な人材であったとしたら、後宮をまとめる役職につけるのも当然だろう。

父の桓武帝が激怒して薬子を追放したのも、話に尾ひれをつけて吹聴した者がいたのかもしれない。藤原式家は種継が暗殺されたことで衰退を余儀なくされていたが、薬子の登場により息を吹き返している。それをねたむ勢力は大勢いたことだろう。

奈良に移った平城上皇を、薬子が反乱を起こすまでそそのかすことができたかも疑問だ。乱の背景に、嵯峨と平城による骨肉の兄弟げんかがあったことは間違いないのだ。

北家繁栄の礎を築いた大政治家

藤原冬嗣

ふじわらの・ふゆつぐ

宝亀6（775）年〜天長3（826）年

平安時代最初期の政治家。母は百済永継《くだらのながつぐ》といい、その名のとおり渡来人の家系であった。藤原内麻呂《うちまろ》と結婚して長男の真夏《まなつ》と次男の冬嗣《ふゆつぐ》を産み、その後は桓武《かんむ》天皇の妾となり皇子を１人産んでいる。

父の内麻呂は大同《だいどう》元（８０６）年に平城《へいぜい》天皇即位にあわせて右大臣《うだいじん》に昇進し、神野《かみの》親王（後の嵯峨《さが》天皇）が皇太子になると、冬嗣は東宮大進《とうぐうたいしん》に任じられた。東宮とは皇太子と宮殿、それを取り仕切る役所で、大進は役所の三番手を指す。また、兄の真夏は、平城天皇の皇太子時代からの側近として昇進を重ねていた。

大同4年、平城天皇は病のため神野親王に譲位し、奈良の平城宮《へいじょうきゅう》に移った。平城は奈良で政治に関与し続け、「二所朝廷《にしょちょうてい》」と呼ばれる政治の混乱が生じた。

翌年、嵯峨天皇は蔵人所《くろうどどころ》という家政機関を置き、側近の冬嗣と巨勢野《こせの》足《たり》を蔵人頭《くろうどのとう》に任じた。これはいわば秘書室と秘書室長のようなもので、平城太上天皇（上皇）の機密情報を握っている尚侍《しょうじ》の藤原薬子《くすこ》に対抗して用意したものだという。この蔵人所は、摂関政治期をとおして重要な位置を占めることになる。

大同5年、平城は平城京への遷都を宣言し、武力衝突直前まで発展する（薬子の変）。しかし嵯峨帝が一枚上回り、これに勝利して変は終結する。冬嗣は参議《さんぎ》としてついに議政《ぎせい》官《かん》（内閣に相当する）の一員となった。37歳であった。このとき、桓武天皇に平安京の造営と東北遠征の中止を建言して一躍有名になった式家《しきけ》の藤原緒嗣《おつぐ》が、冬嗣の同世代のライバルとして君臨していたが、弘仁《こうにん》5（８１４）年にはその官位を追い越し、同12年には右大臣《うだいじん》にまで上りつめた。

その2年後、嵯峨天皇が淳和《じゅんな》天皇に譲位するが、冬嗣は政治の主導権を握り続け、天長《てんちょう》２（８２５）年には左《さ》大臣に昇進する。しかしその翌年に52歳で急死した。

藤原冬嗣（『前賢故実』より。国立国会図書館蔵）

TOPICS

父の藤原内麻呂という人

平安京の造営を担当したのは和気清麻呂《わけのきよまろ》という貴族で、その死後にそれを受け継いだのが冬嗣の父・内麻呂だった。しかし延暦24（805）年、桓武天皇の命により造営は中断された。平安京は、実は完成していないのだ。内麻呂は人望厚く、右大臣に上ったあとは長く首班（いわば内閣総理大臣）を務めている。

長男・長良とその弟たち

冬嗣の長男・長良は仁明《にんみょう》天皇（嵯峨天皇の子）の側近となったが、崩御後は弟の良房《よしふさ》に先を越され、出世は止まっている。ただ兄弟仲は良かったというから、官位に執着せず裏方に回る堅実な人柄だったのかもしれない。そのほかの冬嗣の息子たちはあまり目立たないが、五男の良相《よしみ》は良房と覇権を競い、敗れている。

COLUMN

冬嗣の政治と実績の数々

冬嗣は、縁故主義や身分差別により硬直しがちな律令制下の政権運営において、才能のある人物の起用を提言して採用されるなど、現実主義の政治を実施した。勧学院という大学別曹（藤原一族の教育機関）を設立したことでも知られる。

このときの基本法は、大宝律令を改定した養老律令だが、実情に合わなくなってきたため、これを補完する法令が必要となってくる。冬嗣の父・内麻呂はこれに着手し、冬嗣が引き継いで完成させた。これが『弘仁格式』で、格は補完法、式はその施行にあたっての細かい注意点などをまとめたものになる。これはのちの『貞観格式』『延喜格式』と並んで「三代格式」と呼ばれている。

また冬嗣は妻を嵯峨帝の尚侍とし、長女を仁明天皇の女御にするなど、皇室との関係を深めてその後の摂関政治の基礎を築いた。

初の皇族以外の摂政となる

藤原良房

ふじわらの・よしふさ

延暦23（804）年〜貞観14（872）年

良房は藤原冬嗣《ふゆつぐ》の次男。母は藤原南家《なんけ》出身の美都子《みつこ》（異説あり）。冬嗣が嵯峨《さが》天皇のもとで栄進すると、良房も嵯峨のお気に入りとなり、兄の長良《ながよし》などを差し置いて、異例の昇進を続けた。

承和《じょうわ》9（842）年、嵯峨上皇の崩御により政変がぼっ発（承和の変）。皇太子の恒貞《つねさだ》親王（淳和《じゅんな》天皇の子）が廃され、仁明《にんみょう》天皇と良房の妹・順子《のぶこ》の子の道康《みちやす》親王が新たな皇太子となった。そして淳和・恒貞親子を後援していた貴族たちは失脚した。これが藤原北家《ほっけ》（良房）による、いわゆる他氏排斥事件の最初の事例となる。

嘉祥《かしょう》3（850）年には、仁明天皇が崩御し、道康親王（文徳《もんとく》天皇）が即位する。このとき文徳天皇の後宮には、すでに良房の娘・明子《あきらけいこ》が入っており、明子は文徳が即位した直後に惟仁《これひと》親王を産んだ。そして文徳天皇の皇太子には、嫡子の惟喬《これたか》親王ではなく、その惟仁《これひと》親王が立てられた。もちろん良房の意向であった。

天安《てんあん》2（858）年、文徳天皇が急死し、惟仁親王（清和《せいわ》天皇）がわずか9歳で即位する。実際に政治を取り仕切るのは、もちろん新帝の祖父・良房である。これが、皇族以外で初の摂政就任とされている。

貞観《じょうがん》8（866）年、左大臣《さだいじん》・源信《みなもとのまこと》と大納言《だいなごん》・伴善男《とものよしお》のいさかいに端を発した応天門《おうてんもん》の変がぼっ発する。良房は直接関与していなかったとされるが、この事件により伴善男は失脚、源信も隠棲し、右《う》大臣で良房の実弟であり政敵の藤原良相《よしみ》も、なりをひそめることとなった。トップが一気にいなくなったことで、朝廷の良房への依存度はますます強まっていった。

良房に対する清和天皇の信頼は厚く、「身分は臣下だが、受けた恩は父母よりも多い」と評している。貞観14年に良房が亡くなると、清和は皇族のような扱いをして祖父の功績に報いた。

藤原良房（『前賢故実』より。国立国会図書館蔵）

TOPICS

良房の妹・順子のこと

冬嗣と美都子の子順子は、正良《まさら》親王（のちの仁明天皇）の女御《にょうご》となり、道康親王（のちの文徳天皇）を産んだ。女御は皇后・中宮《ちゅうぐう》の下の位であり、その下に更衣《こうい》が続く。これらはもともと明確な差があったが、この順子の例などがあり、女御から皇后（中宮）へとステップアップするのが常態化していくことになる。

良房の妻・源潔姫のこと

嵯峨天皇の信頼を得た良房は、その娘（皇女）の 源 潔姫《みなもとのきよひめ》をめとった。本来臣下は皇女とは結婚できないのだが、潔姫は幼少のころに臣籍降下《しんせきこうか》（一般貴族の身分になること）していたため実現した。いずれにしても潔姫が嵯峨天皇の娘であることに変わりはなく、記録に残る日本初の「臣下に嫁いだ皇女」となった。

COLUMN

応天門の変で良房はどう動いた？

史上に名高い応天門の変は、簡単にいえば応天門の炎上事件をきっかけに伴善男など良房と対立する一派が失脚した事件だが、肝心の放火犯がはっきりせず、現在にいたっても全体像は謎に包まれている。では、このとき良房はどう動いたのか。

最初に伴善男が源信を放火犯として告発した際、良房は源信の無実を清和天皇に進言した。しばらくして、今度は逆に伴善男が告発される。取り調べが進むなか、怪しい証言が飛び交い、ついに伴善男らが処罰されることとなる。良房はこれらに直接関与することなく、騒ぎで人員不在となった政治中枢を支えるため、政権運営と事後処理に集中した。

この事件でもっとも得をしたのは良房だが、むしろ良房以下の人々が積極的に政治闘争に利用し、最後に良房は漁夫の利を得た、というのが真実に近いのではなかろうか。

最初の関白となり摂関政治の基礎を築く

藤原基経

ふじわらの・もとつね

承和3（836）年〜寛平3（891）年

藤原冬嗣《ふゆつぐ》の長男・長良《ながよし》の子。良房《よしふさ》の養子となり、その跡を継いだ。はじめて実質上の関白《かんぱく》となったことで知られている。

基経は良房の後継者候補として、早くからその補佐に努めた。貞観《じょうがん》6（864）年には兄たちを差し置いて参議《さんぎ》となり、公卿《くぎょう》の仲間入りを果たした。

その2年後に応天門《おうてんもん》の変がぼっ発すると、基経は伴善男《とものよしお》や叔父・良相《よしみ》の動きを逐一良房に報告するなど、冷静な対処に努めた。貞観14年、良房が亡くなる一週間前に正三位《しょうさんみ》右大臣《だいじん》に任じられ、名実ともに良房の後継者となった。

貞観18年、清和天皇が貞明《さだあき》親王（陽成《ようぜい》天皇）に譲位する。わずか9歳であったため、政務は清和太上《だいじょう》天皇と摂政《せっしょう》に就任した基経が担当した。基経はあくまでも清和を義理立てし、その意向に従った。

陽成天皇は、基経の同母妹・高子《たかいこ》の子なので甥にあたる。しかし基経と高子は決定的な不仲になっていた。元慶《がんぎょう》7（883）年、基経は陽成天皇に摂政をやめると申し出て、実際に出仕を停止した。政務は滞り、困った官僚が基経邸に判断を仰ぎにいくといったありさまであった。

そして同年、陽成天皇の乳兄弟（乳母《めのと》の子）の源益《みなもとのまさる》が撲殺されるという事件が起こる。基経は陽成に圧力をかけて退位させ、従兄弟にあたる時康《ときやす》親王を即位させた。光孝《こうこう》天皇である。光孝は基経の働きに報いるため、基経に政務をゆだねた。しかしわずか3年後、光孝は病のため皇子の定省《さだみ》親王（宇多《うだ》天皇）に譲位する。

宇多天皇は「（自分に）意見すべきことがあれば、まず基経にあずけ（関《あずか》り白《もう》し）、そのあとに報告せよ」と勅令を発した。これが史料上で初の「関白」となる。やがて「阿衡《あこう》の紛議《ふんぎ》」と呼ばれる事件が起こり（別記）、基経は初の関白となり、藤原北家の摂関政治の基礎が定まった。

TOPICS

実父と母とその家族

基経の実父の長良は、出世という意味では弟の良房や良相に後れをとるが、子宝に恵まれたことで結果的に家系は繁栄した。基経の母は乙春といい、基経のほかに高経《たかつね》、弘《ひろ》経《つね》などの男子、高子や栄子《えいこ》などの女子を産んでいる。このうちの高子が、清和天皇に嫁いで貞明親王（後の陽成天皇）を産むことになる。

エキセントリックな 陽成天皇

陽成天皇（陽成院）といえば、牛馬を好み、宮中でひそかに飼うなど「乱行」が多かった人物として知られる。乳兄弟の源益が撲殺された事件も、陽成が実際に関与していた疑いが濃厚といわれている。ただ、これらの事件も、光孝天皇を擁立したい基経によって吹聴されたもの、という可能性もぬぐい切れない。

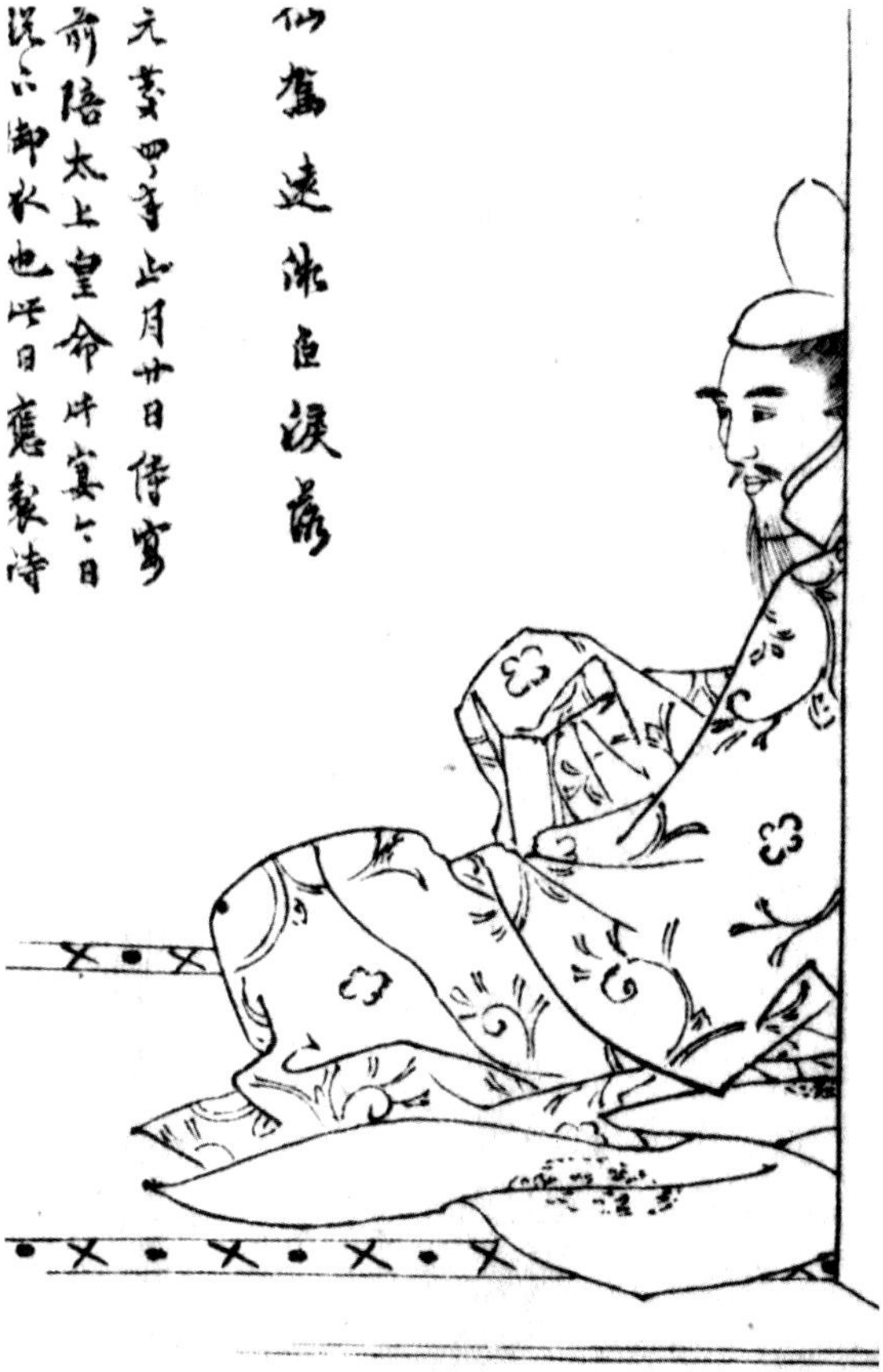

藤原基経（『前賢故実』より。国立国会図書館蔵）

COLUMN

「阿衡の紛議」、実際のところは？

基経は元慶《がんぎょう》4（880）年に太政《だいじょう》大臣《だいじん》に任じられるが、これに不満をもった基経は反発し、出仕しない日が増えた。そんななか、宇多《うだ》天皇が即位する。宇多は基経に出仕を求める勅書を発した。しかしそこで基経の職を「阿衡」と表現したことが問題となる。阿衡は中国では実体のない名誉職であり、基経をないがしろにするもの、というのだ。

基経は左《さ》大臣らを通して糾弾する。宇多は困惑し、改めて勅書で弁明するという事態に発展した。

これは、基経が自身の優位性を示すためにあえてやったこと、などとされてきたが、基経と宇多は以前も以後も対立関係にないことから、基経は「関《あずか》り白《もう》」す職とはどういう内容なのか、本当に阿衡と同じでよいのか、曖昧だったその職の内容を明確にするために追及したのでは、という説も提示されている。

「延喜の治」を主導した若き政治家

藤原時平

ふじわらの・ときひら

貞観13（871）年～延喜9（909）年

藤原基経《もとつね》の長男。基経36歳にして生まれた待望の男子であった。仁和《にんな》2（886）年に、光孝《こうこう》天皇が加冠《かかん》役（元服の儀式で親に代わって冠をかぶせる役）となり内裏《だいり》で元服、翌年8月に宇多《うだ》天皇が即位すると蔵人《くろうどの》頭《とう》（秘書官筆頭）となった。

寛平《かんぴょう》3（891）年に父基経が亡くなると、21歳で公卿《くぎょう》の仲間入りを果たした。時平は年若い美男の貴公子として名をはせ、中納言《ちゅうなごん》など重職を歴任する。また東宮大夫《とうぐうのだいぶ》として敦仁《あつひと》親王に近侍し、深い関係を築いていった。

ただ、時の宇多帝は自分で政治を進める意思が強く、菅原道真《すがわらのみちざね》ら非藤原系の人材も重用した。まだ若い時平は、そうした者たちと足並みをそろえる必要があった。

寛平9年、宇多天皇は敦仁親王（醍醐《だいご》天皇）に譲位する。宇多は『寛平御遺誡《ごゆいかい》』と呼ばれる訓示を醍醐天皇に授け、時平と道真を重用するよう諭した。時平は、漢学こそ道真に及ばなかったものの、実務には非常に長けていたようだ。このころの道真との関係も、特筆するほど悪い関係だったとはいいがたい。

昌泰《しょうたい》2（899）年、時平が左大《さだい》臣《じん》に、道真が右《う》大臣に任じられる。しかしわずか2年後、道真は突如として大宰権帥《だざいごんのそち》（九州統括の役所の2番手）に左遷された。時平の陰謀によるものというのが通説だが、現在では異論も多い。

その後の醍醐天皇の治世は、いわば時平政権時代であった。実情にあわなくなってきた荘園のあり方や税収の見直しを目的とした「延喜《えんぎ》の荘園整理令」は、時平が主導したとされる。また「延喜式《しき》」と呼ばれる改正法の編さんを命じられるなど、のちに「延喜の治《ち》」として賞賛される醍醐天皇の治世をけん引した。

しかし延喜9（909）年、時平はわずか39歳の若さで亡くなる。後にその死は、道真のたたりによるものと噂《うわさ》された。

TOPICS

時平のもとで完成した一大史書

時平は『日本三代実録《にほんさんだいじつろく》』という正史の編さんにも関わっている。これは清和《せいわ》・陽成《ようぜい》・光《こう》孝《こう》の三代の治世をまとめた歴史書で、宇多帝が時平や菅原道真ら５人に編さんを命じ、醍醐帝の治世下、道真が失脚した直後に完成した。『日本《にほん》書紀《しょき》』などからこの『日本三代実録』までの６冊の史書を「六《りっ》国史《こくし》」と呼ぶ。

物語などに描かれた時平の姿

「寛平御遺誡」には、時平が若くして政治に通じている一方、女性問題があったことが明記されている。また平安末期成立の仏教説話集『今昔物《こんじゃくもの》語《がたり》集《しゅう》』には、見目《みめ》麗しい貴公子の時平が、伯父の若い妻を口説き、権力をかさに着て奪い取ったという話が収録されている。豪胆で笑い上戸で、歌にも通じていたという。

藤原時平（『武部源蔵菅公に名残りを惜しむ図』より。国立国会図書館蔵）

COLUMN

本当に菅原道真失脚の黒幕なのか？

時平といえば、やはり菅原道真の失脚事件について深掘りしたくなるのは必然だろう。一連の事件は「昌泰の変」とも呼ばれ、道真のみでなく、その子らも処分された。ただ、その経緯は謎に包まれている。

左遷の直接の原因は、道真が娘婿の斉世《ときよし》親王を即位させようとして廃立（臣下が勝手に主君を廃し、別人を立てようとすること）を企てたという罪であり、処分を下したのは当事者の醍醐天皇であった。ただ、そのたくらみが事実であったかどうかは定かでなく、醍醐天皇の真意はまったく分からない。

一方で、藤原一族が菅原一族の急激な勢力拡大を恐れていたことは疑いようがない。時平１人が企んだことというよりも、むしろ藤原氏全体の総意によるものではないか、という考え方が現在は主流になりつつあるようだ。

兄の時平からすべてを引き継ぐ

藤原忠平

ふじわらの・ただひら

元慶4（880）年～天暦3（949）年

藤原基経《もとつね》の四男。母は人康《さねやす》親王（光孝《こうこう》天皇の同母弟）の娘で、時平《ときひら》と仲平《なかひら》が同母兄となる。忠平は寛平《かんぴょう》7（895）年に元服し、昌泰《しょうたい》3（900）年には参議《さんぎ》に命じられるが、宇多《うだ》太上《だいじょう》天皇の命により叔父に位を譲っている。理由は不明。その後は右大《うだい》弁《べん》（各省庁の監督）や東宮大夫《とうぐうのだいぶ》（皇太子の家政期間の長）などを歴任する。

それまで目立つ存在でなかった忠平だが、兄の時平が延喜《えんぎ》9（909）年に急死すると、その後継者として藤氏長者《とうしのちょうじゃ》を引き継いだ。兄の仲平を差し置いての、異例の抜てきであった。

以後忠平は大納言《だいなごん》、右大臣《うだいじん》、左《さ》大臣と順を追って昇進し、時平に続いて醍醐《だいご》天皇の「延喜の治《ち》」を支えた。延長《えんちょう》5（927）年には、これも時平から引き継いだ「延喜式《しき》」（いわば改正法）を完成させている。

延長8年、清涼殿《せいりょうでん》に雷が落ち、藤原清貫《きよつら》という公卿《くぎょう》が即死するなど、大きな被害が出る。醍醐帝は菅原道《すがわらのみち》真《ざね》の怨霊の仕業であると信じ、心労で臥《ふ》せった。死の間際、8歳の寛明《ゆたあきら》親王（朱雀《すざく》天皇）に譲位し、忠平を摂《せっ》政《しょう》に任じた。藤原氏の摂政や関白《かんぱく》は、父・基経以来およそ40年ぶりであった。

承平《じょうへい》6（936）年には太政《だいじょう》大臣、天慶《てんぎょう》4（941）年には関白に任じられている。任期中、関東地方で平将門《たいらのまさかど》、中国地方で藤原純友《すみとも》が相次いで反乱を起こしている（承平・天慶の乱）。平将門は若いときに忠平に仕えていたとされ、将門は忠平に無実を訴えるが、忠平はこれを一蹴している。

天慶9年、朱雀天皇が同母弟の成《なり》明《あきら》親王（村上《むらかみ》天皇）に譲位すると、その関白に任じられた。そして天暦《てんりゃく》3（949）年、関白太政大臣の任期中に70歳で死去した。

時平と忠平の時代は、後の源氏・平氏につながる地方の軍事貴族の台頭など、長い平安時代のなかでも大きな節目と呼べる時期であった。

TOPICS

貴重な史料となる日記を残す

忠平は28歳から69歳まで（途中抜けあり）日記をつけており、死後に与られた称号（貞《てい》信公《しんこう》）から『貞信公記《き》』と呼ばれている。内容は父・基経から教わった故実（儀礼などの先例）や政務の実情などが多いが、承平・天慶の乱の経過報告も詳しく記されており、乱の実態を知る貴重な史料となっている。

平将門と忠平の関係

平将門は、若いころに京へ出て忠平に仕えたという。しかしなかなか出世できず、失意のうちに関東に戻っている。ただ、これらは忠平の日記のような一次史料ではなく軍記物語などの記述であって、忠平と若き将門がどれくらいの関係性だったのか、本当に忠平に仕えていたのか、詳細は不明となっている。

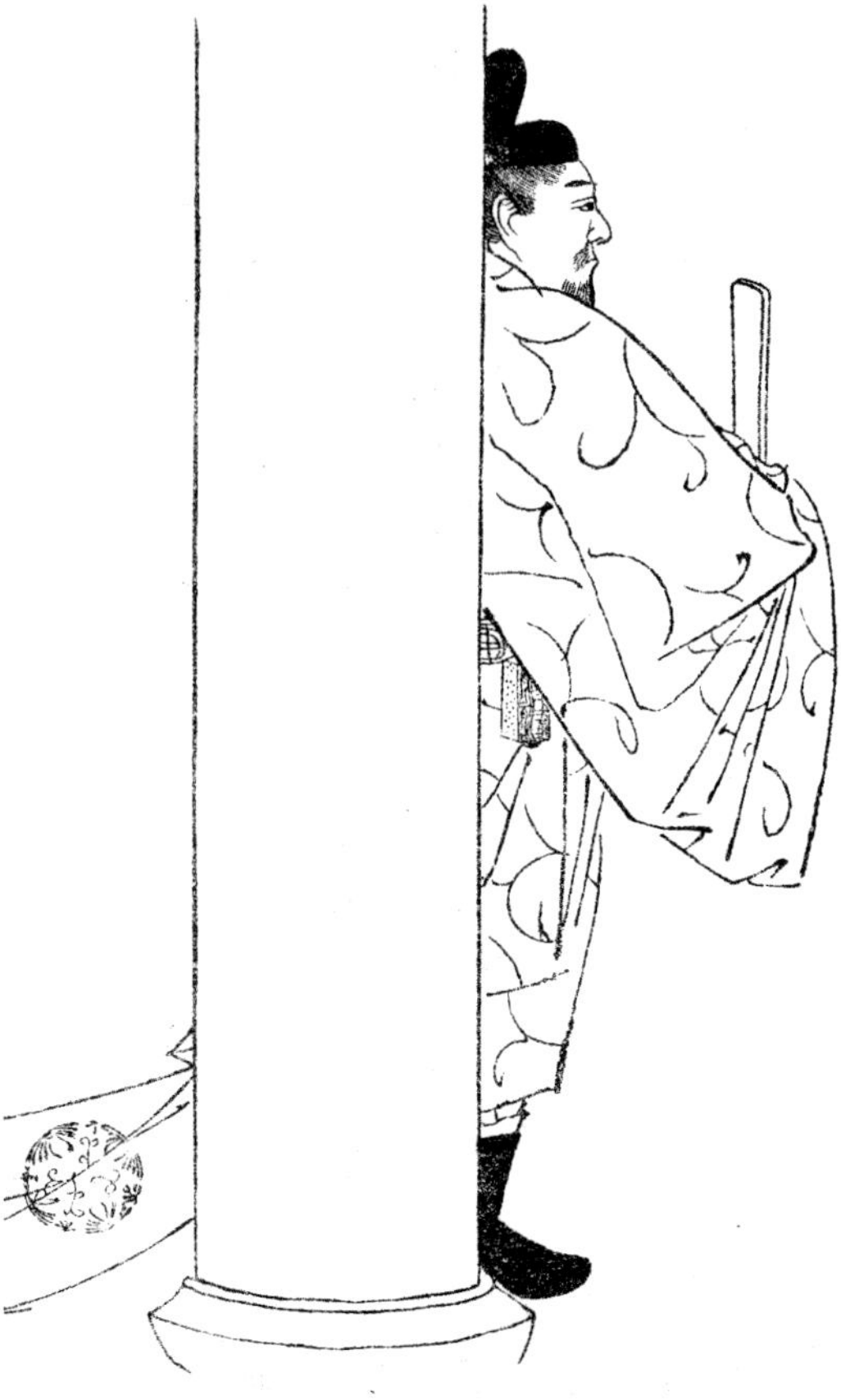

藤原忠平（『前賢故実』より。国立国会図書館蔵）

COLUMN

忠平の「人となり」と後世の人物評

兄の時平は、明るく人に好まれる人柄で、政治力にも長けていたが、忠平は温厚な人柄ながら、どちらかというと根回しや裏工作に長けた人物だったようだ。

忠平の場合、史書に残されているほど評判がよかったわけではなく、後世の忖度《そんたく》が多く含まれている、という研究者もいる。古代史研究の権威であった角田文衞《つのだぶんえい》は、忠平を「政治家としては寧《むし》ろ凡庸」「天皇によほど信頼されぬ藤氏の長者」などと評価している。醍醐帝のもとでの実績は兄・時平の引き継ぎであり、忠平の治世下で画期的な政策が実施されたわけでもないのだ。

しかし近年では、地方の軍事貴族の台頭やその反乱を受け、地方官の権限を強めて治安維持や租税徴収を任せるなど、非常に現実的な施策で立て直しを図った点から、忠平の治世の見直しが進められている。

一族を操って実権を握り続けた策士

藤原伊尹

ふじわらの・これただ

延長2（924）年～天禄3（972）年

藤原伊尹（『小倉百人一首』より。国立国会図書館蔵）

藤原師輔《もろすけ》の長男。母は藤原南家《なんけ》出身の盛子《もりこ》。同母弟に兼通《かねみち》、兼家《かねいえ》らがいる。同母妹の安子《やすこ》は、村上《むらかみ》天皇の中宮《ちゅうぐう》（后）となり、憲平《のりひら》親王（後の冷泉《れいぜい》天皇）や守平《もりひら》親王（後の円融《えんゆう》天皇）などを産んだ。

天徳《てんとく》4（960）年、父の師輔《もろすけ》が、摂政《せっしょう》や関白《かんぱく》となる前に亡くなる。まだ参議《さんぎ》以下だった伊尹は、時の村上天皇の意向もあって一気に昇進し、公卿となった。

康保《こうほう》4（967）年、村上天皇が急逝し、伊尹の甥の憲平親王（冷泉天皇）が即位する。もともと精神疾患があったという冷泉は関白を必要としたが、まだ若い伊尹はこれにはつかず、伯父（師輔の兄）の実頼《さねより》に任せた。しかし実権は、あくまでも伊尹が握っていた。

安和《あんな》2（969）年、皇太子の守平親王を廃して為平《ためひら》親王を擁立しようとしたとして、その義父・源高明《みなもとのたかあきら》らが処分されるという疑獄事件が発生する（安和の変）。主導したのは叔父の師尹《もろただ》（師輔の弟）だが、その裏には伊尹の存在があった。

明けて天禄《てんろく》元（970）年には右大臣に昇進し、実頼の死去により藤《とう》氏長者《しのちょうじゃ》の座を引き継いだ。しかし天禄3年に病気になり、同年中に亡くなった。

COLUMN

安和の変の首謀者は誰か?

守平親王が兄の為平親王を差し置いて皇太子となったのは、為平の妻が源高明（醍醐源氏）の娘だったためといわれている。しかし、いつまでも高明が健在では、やがて源氏が藤原をおびやかすかも……そこで師尹らは先手を打って陰謀をでっち上げ、高明らを失脚させたわけだが、伊尹も当然のように共謀者の1人とされている。

弟の兼家と真っ向対立する

藤原兼通

ふじわらの・かねみち

延長3(925)年~貞元2(977)年

藤原兼通

藤原師輔《もろすけ》の子。母は盛子《もりこ》。この2人の間には伊尹《これただ》、兼通《かねみち》、安子《やすこ》、兼家《かねいえ》、登子《なりこ》がいる。妹の安子が村上《むらかみ》天皇の后となって憲平《のりひら》親王や為平《ためひら》親王、守《もり》平《ひら》親王など多くの子を産んだため、兼通は妹とその皇子たちの世話役として出世を重ねた。

康保《こうほう》4(967)年には村上天皇のもとで蔵人頭《くろうどのとう》(秘書官筆頭)に任じられたが、村上帝が急死して憲平親王(冷泉《れいぜい》天皇)が即位すると、蔵人頭には弟の兼家が就任する。兼通はそれ以前に憲平親王の機嫌を損ねたことがあったらしく、そのためか官位も弟と逆転してしまった。

兼家が兄の伊尹とともに権力固めを進めるなか、兼通は後塵を拝し続けていたが、天禄《てんろく》3(972)年に伊尹が病のため職を辞すると、後継の座は兼家と激しく争ったすえ兼通が射止めた。

こうして大逆転の末、やがて兼通は太政大臣《だいじょうだいじん》、関白《かんぱく》に任じられ、頼忠《よりただ》(実頼《さねより》の子。兼通の従兄にあたる)から藤氏長者《とうしのちょうじゃ》も引き継ぎ、ついに頂点に立った。

貞元《じょうげん》2(977)年、兼通は病気のため関白を長老の頼忠に譲ったうえ、兼家を治部卿《じぶのきょう》に降格させた。結局兄弟の対立は解消されることなく、兼通は死去した。

COLUMN

兼通の一発大逆転の背景とは?

兼通と兼家は伊尹の後継の座をめぐり、円融天皇の前で激しく言い争った。その結果、兼通は周囲を一気にごぼう抜きして内《ない》覧《らん》(ほぼ摂関《せっかん》と同じ職)に任じられた。誰もが怪しむほどの異例の抜てきであったが、その背景には、すでに亡くなっていた妹・安子の「(関白職は)兄・弟の順にしてほしい」という意向があったらしい。

漁夫の利を得た関白太政大臣

藤原頼忠

ふじわらの・よりただ

延長2（924）年～永延3（989）年

藤原頼忠

藤原実頼《さねより》の次男。母は藤原時平《ときひら》の娘（名は不詳）。時平の長男・保忠《やすただ》の養子に入るが、天暦《てんりゃく》元（947）年に実兄の敦敏《あつとし》が急死したため、嫡男となった。

同年に即位した村上《むらかみ》天皇のもと、父の実頼は左大臣《さだいじん》となり、頼忠も順調に昇進を重ねた。天禄《てんろく》元（970）年に摂政《せっしょう》の地位にあった実頼が死去すると、それを伊尹《これただ》が引き継ぎ、頼忠は右《う》大臣に昇進した。実頼はあくまでも伊尹までのつなぎであり、それを嘆いていたが、頼忠もまた伊尹によって引き立てられ、その意向に従うこととなった。

天禄3年、伊尹が病のため辞任すると、弟の兼通《かねみち》と兼家《かねいえ》がその地位をめぐって激しい争いを繰り広げる。頼忠は兼通を支持し、伊尹の死後に藤氏長者《とうしのちょうじゃ》を受け継いだ。しかし、これもまた兼通までのつなぎであり、天延《てんえん》2（974）年に藤氏長者を兼通に譲り渡した。

貞元《じょうげん》2（977）年、死を目前にした兼通は、政敵でもある兼家に関《かん》白《ぱく》を譲ることを拒否し、なかば無理やり頼忠に譲った。

さらに翌年、頼忠は太政《だいじょう》大臣にも就任し、寛和《かんな》2（986）年に一条《いちじょう》天皇が即位するまで関白を続けたが、政治の実権は復権した兼家に奪われてしまった。

COLUMN

藤原北家の元嫡流・小野宮流

父の実頼は藤原忠平《ただひら》の長男で、実頼・師《もろ》輔《すけ》・師尹《もろただ》の兄弟はそれぞれ小野宮《おのみや》流、九条《くじょう》流、小一条《こいちじょう》流の祖となった。小野宮流は実頼から頼忠へと続いたが、藤原氏の嫡流（氏長者）は結局九条流に移ってしまった。この小野宮流には、三蹟《さんせき》（3人の書の大家）の1人として知られる藤原佐理《すけまさ》や、道長《みちなが》の時代に活躍した実資《さねすけ》などがいる。

雌伏のときを超え、一気に花開く

藤原兼家

ふじわらの・かねいえ

延長7（929）年～永祚2（990）年

藤原兼家（『前賢故実』より。国立国会図書館蔵）

九条《くじょう》流の祖・藤原師輔《もろすけ》と盛子《もりこ》の子。しばらくは兄の伊尹《これただ》や兼通《かねみち》の陰に隠れ、兼家に目立った動きはない。しかし応和《おうわ》４（９６４）年に安《やす》子《こ》が亡くなると風向きが変わり、次第に兼家のほうが厚遇されるようになる。兼通が憲平《のりひら》親王（安子の子）の怒りに触れたのが原因という。

康保4年に村上《むらかみ》天皇が崩御して憲平親王（冷泉《れいぜい》天皇）が即位すると、その差はさらに顕著になり、安和《あんな》２（９６９）年には公卿《くぎょう》の仲間入りを果たした。

その後も兄の伊尹とともに朝廷を掌握するが、天禄《てんろく》３（９７２）年に伊尹の後継をめぐって兼通と争い、敗れた。立場は逆転し、貞元《じょうげん》２（９７７）年に兼通は臨終の際、兼家の関白就任を阻止するため、従兄の頼忠《よりただ》を後継として兼家を左遷する。さらに兼家は、天皇からお咎《とが》めをうけ、出仕を停止させられた。

しかし翌年には許され、右大臣《うだいじん》に就任。娘の 詮子《あきこ》を円融《えんゆう》天皇に入内《じゅだい》（正式に後宮に入ること）させ、天元《てんげん》３（９８０）年に詮子は懐仁《やすひと》親王を産む。そして花山《かざん》天皇の譲位を経て懐仁親王（一条《いちじょう》天皇）が即位すると、兼家はその摂政《せっしょう》となり、頼忠の死後は太政大臣《だいじょうだいじん》、続いて関白《かんぱく》となり、位人臣を極めた。

COLUMN

一大転機となった花山天皇の譲位

円融に続いて即位した花山天皇は、わずか2年で出家し、懐仁親王（一条天皇）に譲位する。その裏には、兼家一家の暗躍があったとされる。兼家は息子の道隆《みちたか》、道兼《みちかね》、道長《みちなが》、道綱《みちつな》らを相次いで昇進させ、みな公《く》卿《ぎょう》とした。こうして権謀術数の末、九条流の本流は兼家の家系が継ぎ、道隆や道長へと続いていくのであった。

九条家の栄華を引き継ぐも早逝

藤原道隆

ふじわらの・みちたか

天暦7（953）年〜長徳元（995）年

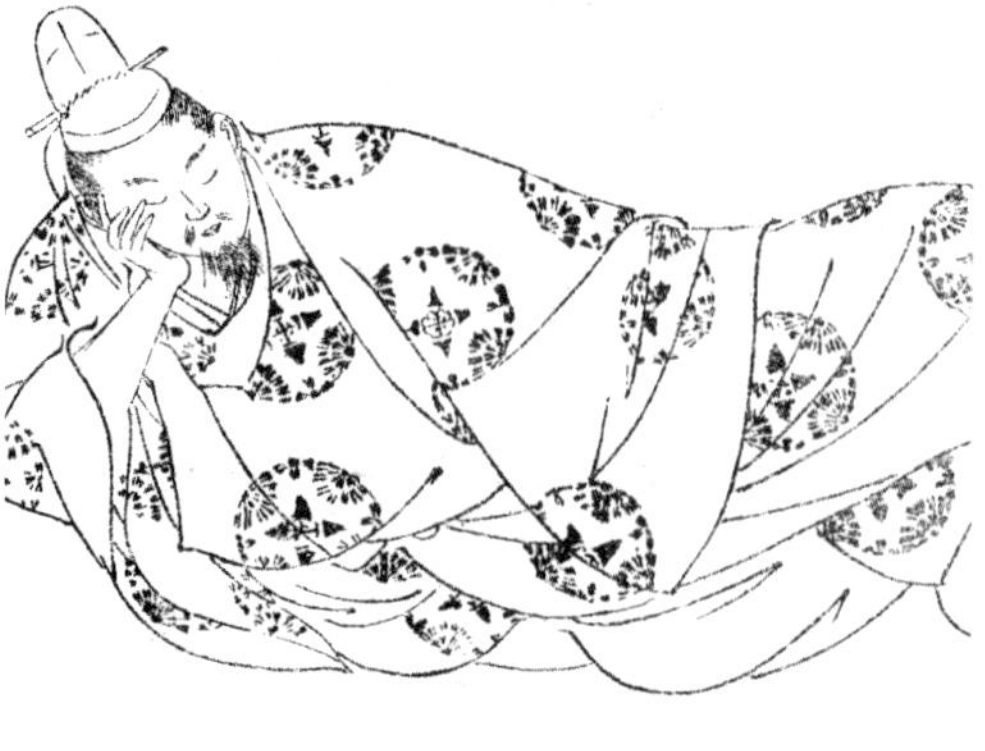

藤原道隆（『前賢故実』より。国立国会図書館蔵）

藤原兼家《かねいえ》の長男。母は時姫《ときひめ》。同母兄弟に道兼《みちかね》、道長《みちなが》、超子《とおこ》、詮子《あきこ》がいる。父の出世にともなって道隆も昇進を重ね、寛和《かんな》2（986）年に花山《かざん》天皇が突然出家した事件では、道長らとともに裏工作に加わったと考えられる。

永祚《えいそ》2（990）年には、娘の定子《さだこ》を一条《いちじょう》天皇の後宮に入れ、着々と外戚への道を進めていく。同年、父の兼家が病気を理由に摂政《せっしょう》・関白《かんぱく》を辞したため、道隆がこれを引き継いだ。内大臣《ないだいじん》と関白を兼ね、同時に藤氏長者《とうしのちょうじゃ》となった。定子は女御《にょうご》から中宮《ちゅうぐう》に格上げされ、息子の伊周《これちか》や隆家《たかいえ》らも一気に出世していった。

長徳《ちょうとく》元（995）年には、次女の原子《もとこ》を皇太子の居貞《おきさだ》親王（のち三条《さんじょう》天皇）に入内させた。こうして道隆の家系は「中《なかの》関白家」と呼ばれる一大系統を形成し、まさに絶頂を迎えつつあった。

しかし、道隆はこのときすでに病に侵されており、急ぎ嫡子の伊周を関白にしようと画策する。しかし伊周はまだ21歳と若く、要望は認められなかった。そして同年中に出家し、亡くなった。後継の関白には弟の道兼が就任し、中関白家は一気に衰退していくことになる。

COLUMN

酒が過ぎて家を滅ぼした？

道隆は無類の酒好きで、歴史物語『大鏡《おおかがみ》』にはそうした逸話が残されている。賀茂《かも》神社を詣でたとき、酒がすぎて牛車の中で熟睡してしまったため、弟の道長が無理やり起こした、といったものだ。道隆が亡くなった長徳元（９９５）年は疫病が大流行したが、道隆の死因は疫病ではなく飲みすぎが原因の飲水病（糖尿病）であった。

花山天皇を欺き出家させる

藤原道兼

ふじわらの・みちかね

応和元（９６１）年～長徳元（９９５）年

藤原兼家《かねいえ》の三男。母は時姫《ときひめ》。道《みち》隆《たか》、道綱《みちつな》（異母兄）、道兼《みちかね》と続く。同母弟に道長《みちなが》、同母姉妹に超子《とおこ》、詮子《あきこ》がいる。

永観《えいかん》２（９８４）年に冷泉《れいぜい》天皇の子・師貞《もろさだ》親王（花山天皇）が即位すると道兼は蔵人《くろうど》（秘書）に任じられ、出世の道が開かれた。しかし花山帝は伯父・伊尹《これただ》の娘（懐子《ちかこ》）の子なので、伊尹の子の義懐《よしちか》が蔵人頭《とう》（秘書官筆頭）となり、政治の実権を握りつつあった。

　しかし寛和《かんな》２（９８６）年、花山帝は兼家やその子たち、とくに道兼の謀略により突如として出家する。この政変により、道兼の妹・詮子の子である懐仁《やすひと》親王（一条《いちじょう》天皇）が即位した。花山帝の後見人である義懐は引退を余儀なくされ、父の兼家が一条帝の摂政《せっしょう》となった。これにともない道兼も急激に出世を果たし、正《しょう》暦《りゃく》５（９９４）年にはついに右大臣《うだいじん》となった。

　翌年、関白《かんぱく》となっていた兄の道隆が病死すると、道兼は道隆の子・伊《これ》周《ちか》を押しのけて関白に就任する。しかしそのわずか11日後、道兼も病死した。このため「七日関白」などと呼ばれる。道隆、道兼の急死により、いよいよ弟の道長に順番が回ってくることとなる。

藤原道兼（右。『月百姿 花山寺の月』より。国立国会図書館蔵）

COLUMN

花山帝を欺いた謀略とは?

花山帝は藤原忯子《よしこ》という女御《にょうご》に入れこんでおり、寛和元（９８５）年に忯子が急死すると、うろたえるほど嘆いた。翌年、蔵人の道兼は花山帝に、自分とともに出家しよう、と誘う。そして身柄を元慶寺《がんぎょうじ》（京都市山科区）に移し、天台座主《てんだいざす》（住職）を招いて剃髪させた。しかし道兼に出家の意思はなく、直前に黙って帰宅した。

栄華を極めた摂関政治の代名詞

藤原道長

ふじわらの・みちなが

康保3（966）年〜万寿4（1028）年

藤原兼家《かねいえ》の子。母は正妻の時姫《ときひめ》。同母兄弟に道隆《みちたか》、超子《とおこ》、道兼《みちかね》、詮子《あきこ》がいる。

若いころは兄たちの影に隠れ、さしたる出世はしていない。しかし正《しょう》暦《りゃく》元（990）年、道隆の娘・定子《さだこ》が一条《いちじょう》天皇の中宮《ちゅうぐう》となり、道隆が摂《せっ》政《しょう》になると、道長《みちなが》も一気に昇進した。しかし道隆が優先するのは、あくまでも自分の子（伊周《これちか》ら）であった。

長徳《ちょうとく》元（995）年、関白《かんぱく》となっていた道隆が病死し、弟の道兼が伊周を差し置いて関白を継承した。ところが道兼も数日で亡くなり、道長が内覧《ないらん》（ほぼ摂関と同義）と右大臣《うだいじん》を兼ねることになった。姉の詮子による強力な後押しがあったためとされる。さらに翌長徳2年、伊周が花山《かざん》法皇襲撃事件を引き起こし、左遷される。圧倒的な強運を味方にして、道長は絶対的優位に立つこととなった。

しかし長保《ちょうほう》元（999）年、一条天皇と道隆の娘・定子との間に皇子が誕生する。これに対抗するため、道長は娘の彰子《あきこ》を入内《じゅだい》させ、定子を皇后に、彰子を中宮にする力技をみせる。やがて彰子は敦成《あつひら》親王（後の後《ご》一条《いちじょう》天皇）と敦良《あつなが》親王（後の後朱雀《ごすざく》天皇）を産み、ついに道長は後宮も掌握した。

寛弘《かんこう》8（1011）年、一条天皇は居貞《おきさだ》親王（三条《さんじょう》天皇）に譲位し、皇太子には道長の意向を受けて敦成親王が立てられた。さらに外戚関係を強化すべく、道長は娘の妍子《きよこ》を三条天皇の后に、威子《たけこ》を敦成親王の后に、嬉《よし》子《こ》を敦良親王の后とする。こうして自身は関白になることもなく、外戚として強大な権力を手中にした。

道長といえば「この世をば　我が世とぞ思ふ　望月の　欠けたることも　なしと思へば」という歌が必ず語られるが、これは威子が后に立てられた祝いの席で詠んだ歌であった。道長は歌や漢籍を好み、紫式部《むらさきしきぶ》などの文人を取り立て文化サロンを形成し、日本の文化史に大きく貢献した人物でもあった。

TOPICS

若き道長、大いなる野望を示す?

歴史物語『大鏡《おおかがみ》』には、若き道長が伊周と矢を射る競争をし、道長は「将来、わが家から后が立つならば、この矢当たれ!」「将来、摂政や関白になれるのならば、この矢当たれ!」と言い放って見事に的に当て、伊周はそれにうろたえて外してしまった、という有名なエピソードが書かれている。もちろん脚色だろう。

極楽浄土行きを誰よりも願う

わが世の春を謳歌《おうか》した道長だが、かたやその栄華の反動で押し寄せる不幸や死への恐怖も相当だったようだ。晩年の道長は病に苦しみ、極楽浄土で生まれ変わることを願い続けた。そして自身が心血を注いで創建した法成寺《ほうじょうじ》の阿弥《あみ》陀《だ》堂で、阿弥陀如来《にょらい》像と自分の指を赤い糸でくくりつけ、そのまま往生した。

騎乗する藤原道長(『石山寺縁起』より。石山寺蔵)

COLUMN

道長が働いた「悪事」の数々

平安京の貴族の多くは、従者を利用してたびたび暴力沙汰を起こしている。道長もそれは例外でない。

永延《えいえん》2(988)年、23歳の道長は、甘南備永資《かんなびのながすけ》という従者が官人採用試験を受ける際、その試験官である式部省の役人を自分の邸宅に拉致し、手心を加えるよう強要した。事件は父の摂政・兼家の知るところとなり、道長は叱責を受けたというが、処分はそれだけだった。

長和《ちょうわ》2(1013)年には、祇園御《ぎおんご》霊会《りょうえ》に参加していた散楽人《さんがくにん》(いわば芸人)たちを、従者に命じて襲撃させている。目的はまったく分からないが、ほんの戯《たわむ》れかもしれない。

また同年、先の例と同じく貴族2人を拉致し、自邸に監禁している。これらは藤原実資《さねすけ》の日記『小右記《しょうゆうき》』に書かれているもので、道長を称賛する『大鏡』などよりも、よほど信じるに足るエピソードなのだ。

栄華を支えきれなかった道長の子

藤原頼通

ふじわらの・よりみち

正暦3（992）年〜延久6（1074）年

藤原道長《みちなが》の子。幼名は「たづ（田鶴）君」。母は源倫子《みなもとのみちこ》。同母姉に彰子《あきこ》、同母弟に教通《のりみち》、同母妹に妍子《きよこ》、威子《たけこ》、嬉子《よしこ》がいる。

父・道長の出世にともない、権中《ごんちゅう》納言《なごん》などを経て長和《ちょうわ》6（1017）年には内大臣《ないだいじん》となり、同年中に摂《せっ》政《しょう》の座を道長から譲り受けた。26歳の若さで頂点に立った頼通だが、「大殿《おおとの》」と称された道長の影響力は健在で、頼通は道長に逐一おうかがいを立てながら政治にのぞんだ。

頼通は後一条《ごいちじょう》、後朱雀《ごすざく》（いずれも姉・彰子の子）、後冷泉《ごれいぜい》（妹・嬉子の子）の3代続けて摂政・関白《かんぱく》となり、その期間はおよそ50年にも及んだが、その治世は平穏とはいいがたかった。

寛仁3年には、刀伊《とい》と呼ばれる北方の異民族が壱岐・対馬（長崎県）を超えて九州本土まで襲撃する（刀伊の入寇《にゅうこう》）。これは藤原道隆《みちたか》の子・隆家《たかいえ》らがなんとか撃退するが、平和ボケしていた貴族社会と日本全土に衝撃を与えた。

万寿《まんじゅ》4（1027）年に道長が死去し、頼通はついに実権を掌握するが、その翌年、関東で台頭した軍事貴族・平忠常《たいらのただつね》が房総半島全域で反乱を起こす。頼通はこれを平定するため平直方《なおかた》を派遣するが失敗し、同地に甚大な被害が出た。またこの事件は、平定に成功した源氏（源頼信《みなもとのよりのぶ》）が台頭するきっかけのひとつともなった。

長暦《ちょうりゃく》3（1039）年には、天台《てんだい》宗山門《さんもん》派と寺門《じもん》派の対立が激化し、頼通の別邸である高陽院《かやのいん》が放火されている。大寺院の僧兵による強訴《ごうそ》（力ずくで訴えること）は、すでに大きな社会問題となっていた。

頼通の娘（養子含む）たちは皇子を産むことができず、外戚政治を維持することが困難となり、藤原摂関家の衰退を招いた。このような流れもあり、頼通の時代は摂関政治期と院政期のはざまにあたる大きな転換期となった。

藤原頼通が建立した平等院鳳凰堂（宇治市）

TOPICS

期待にそえなかった頼通の子たち

頼通の正室・隆子《たかこ》女王は男子を産むことができず、やむなく妾の子の通房《みちふさ》が嫡子となるが、20歳で早逝。同じく庶子の師実《もろざね》が急きょ後継となった。隆子の娘・寛子《ひろこ》は後冷泉天皇に嫁ぐが、1人の子も産めなかった。養女となった嫄子《もとこ》も皇子を産めず、結局、外戚の地位は弟の教通《のりみち》に譲らざるを得なくなった。

紫式部、頼通の成長を見守る

『紫式部日記《むらさきしきぶにっき》』のなかには、いくつか頼通の記述がある。寛弘5（1008）年、式部が仲の良い女房《にょうぼう》仲間・宰相《さいしょう》の君《きみ》（藤原豊子《とよこ》）と話をしていると、17歳の頼通が加わり「性格のよい女性というのは、なかなかいないものですね」としんみりと話した。式部はそれを聞き「物語のなかの男子のように立派にみえる」と感激している。

COLUMN

末法思想と平等院鳳凰堂と頼通

道長と頼通の治世は、偶然ながら西洋世界でいうところの千年紀（ミレニアム）の時期と重なり、同じように終末思想が語られる時代だった。仏教でいうところの末法《まっぽう》思想だ。

これは、仏の入滅（死去）から千年、または千五百年後に、仏の教えが衰える終末の世がくるという考え方で、日本では永承《えいしょう》7（1052）年がその年にあたる。道長や頼通はこれを恐れて阿弥陀仏に祈り、極楽浄土での再臨を夢見た（浄土信仰）。

そのため頼通は、宇治《うじ》（京都府宇治市）にあった道長の別荘（宇治殿）を大改装して平等院《びょうどういん》という大寺院に生まれ変わらせ、極楽浄土を模した鳳凰《ほうおう》堂を建設するのだ。

極楽浄土は西の海のかなたに存在し、阿弥陀如来《あみだにょらい》が永遠に教えを説いているとされる。そのため鳳凰堂は阿弥陀如来を本尊（中心となる仏様）として東向きに建てられている。

ひとときだけの栄華を誇った小野宮家の祖

藤原実頼

ふじわらの・さねより

昌泰3（900）年～天禄元（970）年

藤原忠平《ただひら》の長男。母は宇多《うだ》天皇の娘源順子《のぶこ》（異説あり）。小野宮家《おののみやけ》という有職故実《ゆうそくこじつ》の流派の祖となった。有職故実とは礼儀作法や服飾、年中行事、法令などの先例を指す。

実頼は父忠平のもとで順調に出世していった。天慶《てんぎょう》9（946）年に村上《むらかみ》天皇が即位すると、忠平が関白《かんぱく》（兼太政大臣《だいじょうだいじん》）に、実頼が父に次ぐ左《さ》大臣となった。ただ翌年には、村上天皇の後宮に入っていた娘の述子《のぶこ》が、妊娠中に疱瘡《ほうそう》にかかって亡くなっている。まだ15歳だった。

天暦《てんりゃく》3（949）年、忠平が任期中に死去すると、村上天皇は摂関《せっかん》に頼らない親政を目指した（天暦の治《ち》）。しかし実際に政治をリードしていたのは、実頼とその同母弟の師《もろ》輔《すけ》らであった。また実頼は、忠平の死によって藤氏長者《とうしのちょうじゃ》も引き継いだ。

ただ、外戚の座を争う後宮内の闘争においては、頼みの綱の娘が早逝したこともあり、弟の師輔に軍配が上がる。師輔の娘・安子《やすこ》は憲平《のりひら》親王など3皇子を産んだため、政治の実権と藤氏長者はまもなく師輔の系統に移っていくことになる。

康保《こうほう》4（967）年、村上天皇が崩御し、憲平親王（冷泉《れいぜい》天皇）が即位する。しかし冷泉帝は精神疾患を抱えており、師輔の子の伊尹《これただ》らはまだ若いため、一族の長老格として実頼が関白《かんぱく》となった。ただ、これは伊尹らが信用と実績を積むまでのつなぎである。

安和《あんな》2（969）年、皇太子候補であった為平《ためひら》親王の外祖父　源高明《みなもとのたかあきら》が失脚する政変がぼっ発する（安和の変）。立場上、一番上の実頼がその主導者とされているが、実際には弟の師尹や、次代の支配者である藤原伊尹などの若い世代が首謀者ではないか、とされている。

いっぽうで、実頼は歌や有職故実に詳しい文化人でもあった。実頼の系統は、実頼が暮らした邸宅の名から小野宮家と呼ばれ、藤原実資《さねすけ》などへと続いていく。

TOPICS

不幸な実頼の娘たちのこと

実頼の長女・慶子《よしこ》は天慶《てんぎょう》4(941)年に朱雀《すざく》天皇の女御《にょうご》となっているが、子を産んだ記録はなく、10年後に死去している。また、次女は実頼らが失脚させた源高明の妻となるが、すぐに亡くなっている。そしてもう一人の姫・述子は前述のとおりだ。まさに後宮をめぐる争いは娘次第であり、運任せであった。

冷泉天皇の奇行の数々

実頼の甥にあたる冷泉天皇は、数々の奇行癖で知られる。いわく、子どものころ、父・村上天皇からの手紙の返事に陰茎を書いて送りつけた、足を傷つけながらも一日中蹴鞠《けまり》を続けたなど。どこまで本当なのかは不明だが、このため早々に譲位させるべしと周囲が焦って、それが「安和の変」という政変につながる。

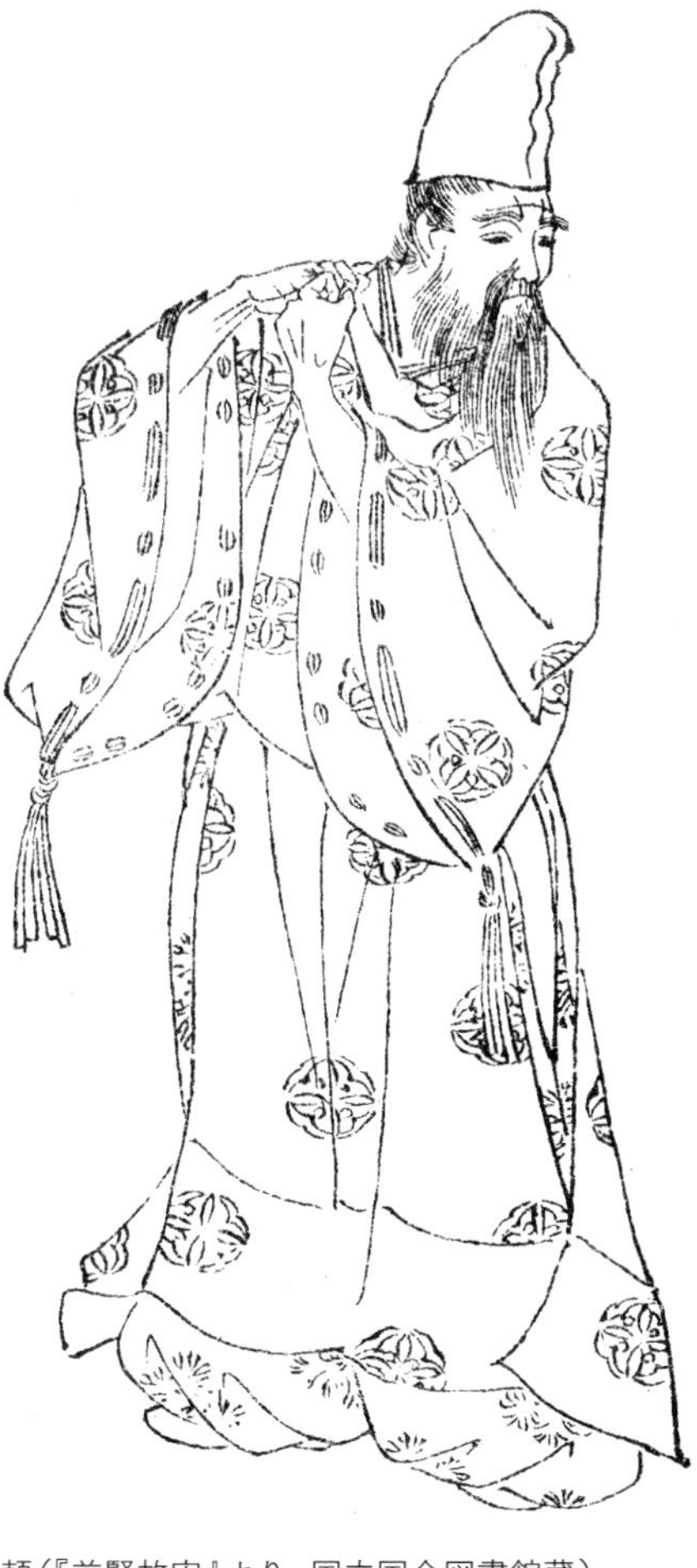

藤原実頼(『前賢故実』より。国立国会図書館蔵)

COLUMN

実頼の日記『清慎公記』と孫の実資

実頼は、自分が行ってきた作法や行動様式を日記にまとめていた。これは後に『清慎公記《せいしんこうき》』(水心記《すいしんき》ともいう)と呼ばれることになる。清慎公とは実頼の死後に贈られた号のこと。孫の公任《きんとう》や実資《さねすけ》(実頼の養子となる)は、有職故実を調べる際、この日記を大変重宝した。しかし公任がこの書を分類して再編集し、自身が編さんした儀式書『北山抄《ほくざんしょう》』にまとめるなどしたため、原本は失われたらしい。

一方、孫で養子の実資は、自身が残した日記『小右記《しょうゆうき》』のなかで『清慎公記』を何度も引用し、比較している。そのなかで実資は、自分が小野宮邸で執り行った儀式の次第を実頼の日記の記述と照らし合わせ「ひとつも誤りがなかった」と感激している。それだけ『清慎公記』の内容は権威あるものであり、実資には正統としてそれを継いだという自負があった、ということなのだろう。

第3部 藤原氏の人々

気骨ある政治家として名をはせる

藤原実資

ふじわらの・さねすけ

天徳元（957）年〜永承元（1046）年

小野宮《おののみや》流の公卿《くぎょう》藤原斉敏《ただとし》の子。斉敏は藤原実頼《さねより》の三男で、九条《くじょう》流に押されて参議《さんぎ》（いわば内閣の平構成員）どまりであった。

時期は不明ながら、実資は祖父実頼の養子となった。そして小野宮と呼ばれた大御殿とばく大な財産を相続している。若いころから非常に聡明だったようで、それを見込まれての養子縁組ということか。

実資の記録に残る官位は、天元《てんげん》4（981）年の蔵人頭《くろうどのとう》（天皇の秘書官筆頭）からはじまる。その後参議、中納言《ちゅうなごん》などを歴任し、太政官《だいじょうかん》（いわば内閣）を下支えするとともに、左右大臣《さゆうだいじん》を監察する役割も担った。

実資は、祖父・実頼の残した日記『清慎公記《せいしんこうき》』を参照しながら、書類作成や儀式の進行を指導するなど、いわゆる「有職故実《ゆうそくこじつ》」のエキスパートとして重宝された。しかしそれは、時に慣例を逸脱しがちな藤原道長のような人とのあつれきを生むことにもなった。

長和《ちょうわ》元（1012）年、三条《さんじょう》天皇の皇后となった娍子《すけこ》の立后の儀式が設けられる。しかし娍子は同じく三条天皇に輿入れした道長《みちなが》の娘・姸子《きよこ》のライバルであり、公卿《くぎょう》たちは道長の怒りを買わないよう、その席に参列するのを避けた。しかし実資は、道長に屈することなく儀式を執行し、三条天皇などの信頼を得ている。

ただ、道長とは対立するばかりでなく、道長が有名な「望月の歌」を詠んだ祝いの席では、慣例にきっちりと従った対応でその場を盛り上げている。道長もまた、実直な実資をあつく信頼した。

その後も、道長の娘である彰子《あきこ》の立派な国母ぶりに感激し、その後援者となるなど、実資は政争に惑わされることなく朝廷と後宮を支え続けた。実資の日記『小右記《しょうゆうき》』は、実資個人の人柄を知ると同時に、有職故実から政治、当時の世相など多くを知ることのできる、大変貴重な史料となっている。

TOPICS

小野宮殿（屋敷）について

実資が相続した小野宮殿は、大炊御門南《おおいのみかどみなみ》烏丸西《からすまにし》（京都市中京区）にあり、1町四方の敷地があった。1町は小路に囲まれた区画で、およそ120メートル四方。もとは文徳《もんとく》天皇の皇子・惟喬《これたか》親王（別名が小野宮）が住んだ邸宅のため、この名が付けられた。この広さは、道長の邸宅である土御門第《つちみかどてい》などと同規格となる。

彰子のために屏風歌を詠まず

長保《ちょうほう》元（999）年、道長の娘・彰子が入内《じゅだい》する際、公卿たちが歌を詠み、屏風に書き込んで献上することにした。道長は公卿たちに歌を催促するのだが、当時中納言の実資だけは「上達部《かんだちめ》（参議以上の者。公卿）が左大臣の命によって和歌を献じた例など、これまで聞いたこともない」として、命令をはねのけた。

藤原実資（『前賢故実』より。国立国会図書館蔵）

COLUMN

道長の「望月の歌」と実資

藤原道長の有名な歌「この世をば〜」が詠まれたのは、寛仁《かんにん》2（1018）年に道長の三女・威子《たけこ》が後一条《ごいちじょう》天皇の後宮に入った祝いの席の、そのまた二次会の席のことだった。

道長は実資に「これから座興として歌を詠むので、そなたは返歌をせよ」と命じた。ここで道長が例の歌を詠むわけだが、ここで実資は「あまりに優美な歌で、返歌などしようがありません。ここにいるみなで歌を詠んではいかがか」と提案する。そしてその場の人々が節をつけて数回この歌を詠んだ、という。

さて、この実資の対応だが、これには前例があり、いわば形式通りの反応だったといわれる。また近年では、道長は自分勝手な歌を詠んだという自覚があり、返歌を再度要求しなかったのもそのためであって、実資の対応はその空気を読んだものだった、などという解釈もなされている。

悪徳地方官の代名詞となる

藤原元命

ふじわらの・もとなが

生没年不詳

平安中期の中級貴族。地方を治める国守＝受領《ずりょう》の代名詞のような存在となった。

なぜ一地方官がそれほど有名になったのか。それは元命が尾張国《おわり》（愛知県西部）の国守（尾張守《かみ》）を務めたとき「尾張国郡司百姓等解文《ぐんじひゃくせいらげぶみ》」という告発文を出されたことによる。そこには私腹を肥やす強引な収奪、公文書の偽造、配下による暴力等々、ありとあらゆる悪事が書かれていた。しかしこれは、郡司と呼ばれる国司《こくし》の下の現地民代表が書いたものであり、あまりに名文すぎるため、既得権益を争ったすえに相当大げさに書かれたのではないか、などともいわれる。

元命はこの告発により解任されるが、その後は無職ながら貴族社会で生き続けている。そして国司の資格を再び得たが、実際に任命されることはなかったという。

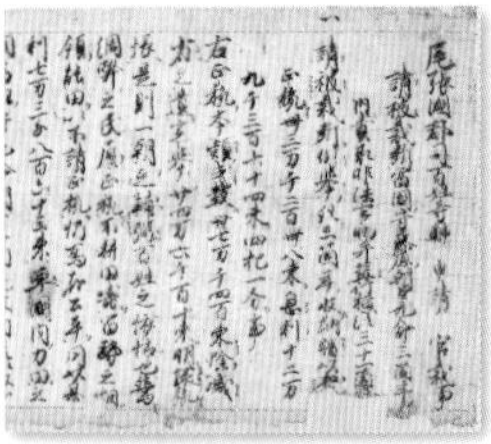

尾張国郡司百姓等解文（早稲田大学図書館蔵）

頼通の跡を継ぐも摂関家は衰退

藤原教通

ふじわらの・のりみち

長徳2（９９６）年～承保2（１０７５）年

藤原道長《みちなが》の子。母は源《みなもとの》倫子《みちこ》。同母兄の頼通《よりみち》と同様、早くから昇進を重ね、15歳で公卿《くぎょう》の仲間入りを果たした。

その後も順調に昇進するが、万寿《まんじゅ》4（１０２８）年に父の道長が死去すると、兄・頼通との間で後宮をめぐる争いが生じた。

ここでは出遅れた教通だが、頼通の養女らが皇子を産めなかったすきに娘を後宮に送りこみ、一歩先んじることになる。しかし決定打が出せないまま時は過ぎ、教通は右大臣《うだいじん》、左《さ》大臣へと昇進。康平《こうへい》7（１０６４）年、頼通から藤氏長者《とうしのちょうじゃ》の座を譲られた。

その4年後には後冷泉《ごれいぜい》天皇の後宮にあった娘の歓子《よしこ》が皇后となり、教通は関白《かんぱく》となる。しかしその2日後に天皇は崩御、藤原氏と外戚関係にない後三条《ごさんじょう》天皇が即位したことで、藤原摂関家《せっかん》は次第に抑圧され、衰退していった。

『公卿補任（くぎょうぶにん）』康平3年条に見える教通の左大臣への昇進（国立公文書館蔵）

院政の世を導いた頼通の子

藤原師実

ふじわらの・もろざね

長久3（1042）年～
康和3（1101）年

藤原頼通《よりみち》の末子。頼通の正妻の隆姫《たかひめ》女王は子がなく、庶子の通房《みちふさ》が嫡男となったが早逝。側妾の男子はすでに養子などに出されていたため、師実が後継候補となった。

　このため師実は成長すると一気に昇進し、治暦《じりゃく》5（1069）年には左大臣《さだいじん》となった。さらに承保《じょうほう》2（1075）年には叔父の教通《のりみち》が死去したため、白河《しらかわ》天皇の関白《かんぱく》の座を引き継いだ。

　師実は外戚政治を進めるべく、村上《むらかみ》源氏の公卿《くぎょう》の娘・賢子《かたいこ》を養女とし、白河天皇の後宮に入れる。やがて賢子は二男三女を産み、次男の善仁《たるひと》親王が白河天皇の譲位を受けて堀河《ほりかわ》天皇として即位した。そして師実はその摂政となるが、白河上皇は実権を手放さず、師実もまたそれに干渉できなかった。こうして、いわゆる「院政《いんせい》」の時代が開かれることになるのだ。

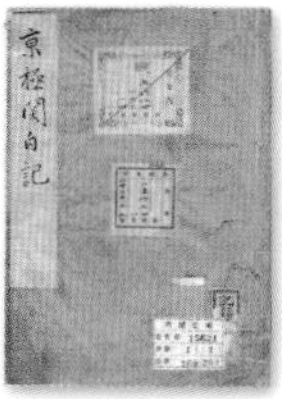

『公卿補任』承保２年条に見える師実の関白任官（国立公文書館蔵）

摂関政治の維持に努めた偉丈夫

藤原師通

ふじわらの・もろみち

康平5（1062）年～
承徳3（1099）年

藤原師実《もろざね》の子。母は源《みなもとの》師房《もろふさ》の娘。師房は藤原頼通《よりみち》の正妻・隆姫《たかひめ》女王の弟であり、頼通の養子でもあった。

　父・師実のもとで出世を重ね、寛治《かんじ》8（1094）年には父から関白《かんぱく》と藤氏長者《とうしのちょうじゃ》を譲り受けた。師通は容姿端麗ながら勇敢で、気骨のある人物だったという。堀河《ほりかわ》天皇を摂関《せっかん》家としてよく助け、白河上皇の政治（院政）には常に批判的であった。「退位された帝の門前に、牛車《ぎっしゃ》が並ぶようなことがあるものか」と言い放ったという逸話が歴史物語『今鏡《いまかがみ》』にある。

　嘉保2（1095）年には、延暦寺《えんりゃくじ》の僧兵による強訴《ごうそ》に対し、兵を派遣してこれを阻止している。若くして活躍していた師通だが、38歳の働き盛りに疫病をわずらい急死した。その後6年間は摂関が置かれず、摂関政治はさらに一歩後退することとなる。

藤原師道（『前賢故実』より。国立国会図書館蔵）

息子と対立し、大乱の遠因となる

藤原忠実

ふじわらの・ただざね

承暦2（１０７８）年～応保2（１１６２）年

藤原師通《もろみち》の長男。師通のもとで出世を重ね、15歳で権中納言《ごんちゅうなごん》となるなど、早くから重職を任じられた。

しかし康和《こうわ》元（１０９９）年、父の師通が38歳で早逝すると、まだ22歳の忠実は関白《かんぱく》を継ぐことができず、内覧《ないらん》（職務は摂関《せっかん》と同様だが扱いは下）どまりとなった。一方で忠実は急きょ祖父・師実《もろざね》の養子となり、藤《とう》氏長者《しのちょうじゃ》の地位を得ている。

長治《ちょうじ》2（１１０５）年に堀河《ほりかわ》天皇の関白となり、2年後には鳥羽《とば》天皇が即位してその摂政《せっしょう》となった。しかし真の実力者である白河《しらかわ》法皇は、藤原北家《ほっけ》の別流から摂政を立てようとした。これはかろうじて失敗に終わり、忠実はなんとか家の面目を保った。

その後も権勢を維持し、関白太政《だいじょう》大臣《だいじん》まで上りつめるが、白河法皇との関係は悪化の一途であった。そのうち忠実は娘の入内《じゅだい》をめぐって白河を激怒させ、事実上関白を罷免されている。大治《だいじ》4（１１２９）年に白河が亡くなると政界に復帰し、上皇となって政治の実権を握った鳥羽院を支えた。

しかし今度は、かつて自分を押しのける形で鳥羽天皇の関白となり藤氏長者となった長男・忠通《ただみち》との関係が悪化し、忠実は次子の頼長《よりなが》を引き立てるようになる。

その後、娘の泰子《やすこ》が鳥羽上皇の皇后となり、その関係はますます強化された。保延《ほうえん》6（１１４０）年には宇治《うじ》の平等院《びょうどういん》（京都府宇治市）で出家し、宇治に隠棲しながら頼長を支えた。

一方、忠通との関係はますます悪化し、ついに義絶して頼長を藤氏長者とする。しかし頼みの鳥羽法皇との関係も崩れ、権力を失った。そして保元《ほうげん》元（１１５６）年、鳥羽法皇の死後に内乱がぼっ発、崇徳《すとく》上皇と頼長が挙兵する（保元の乱）。忠実はこれには加担することなく、頼長は敗死した。忠実は流刑を免れたが、忠通に所領を譲って隠居し、数年後に没した。

『春日権現験記』に描かれた藤原忠実ら（国立国会図書館蔵）

TOPICS

「富家殿」と「泉殿」

忠実は宇治の摂関家領に別荘を建て、よく訪れていた。別荘の一帯は「富家殿《ふけどの》」と呼ばれたが、具体的な場所は不明だ。宇治といえば藤原一族の墓所があり、平等院もある藤原氏ゆかりの地である。また忠実は、大叔母にあたる寛子《ひろこ》（頼通の娘）が営んだ別荘「泉《いずみ》殿」もお気に入りで、必ず立ち寄ったという。

忠実の日記『殿暦』

忠実は、白河院などの圧力を受け、罷免や復活を繰り返しながらも摂関家を支えた、辛抱強い政治家であった。また幾度となく蟄居《ちっきょ》生活を味わったこともあってか、忠実の日記『殿暦《でんりゃく》』には朝廷の儀式の次第など（有職故実《ゆうそくこじつ》）が詳細に書き残されており、院政期の実態を知る非常に貴重な史料となっている。

COLUMN

白河法皇という人物

忠実の生きた時代は、日本史の区分でいえば院政期にあたる。これは白河天皇が善仁《たるひと》親王（当時8歳）に譲位し、院（上皇）として政治の実権を握った年、応徳《おうとく》3（1086）年からカウントするのが通説となっている。

すでに忠実の曾祖父頼通《よりみち》のころから外戚政治は崩れはじめ、摂関家と縁戚関係をもたない後三条天皇の即位、そして忠実が関白に就任するまでの約6年間摂関が不在だったことが、摂関政治の衰退を招いた。このブランク中に親政をおこなったのが、後三条の子の白河であった。

白河は、荘園のあり方を見直したり、人事権を掌握したりと、専制的に政治を進めた。院独自の武力として北面《ほくめん》の武士《ぶし》を創設したのも白河であった。また仏教に深く傾倒し、法《ほう》勝寺《しょうじ》をはじめとする大寺院を数多く建設している。白河院政は、実に43年の長きにわたった。

父や弟と仁義なき政争を展開する

藤原忠通

ふじわらの・ただみち

永長2（1097）年～長寛2（1164）年

藤原忠実《ただざね》の長男。父に従って出世し、永久《えいきゅう》3（1115）年にはわずか19歳で内大臣《ないだいじん》となった。

保安《ほうあん》2（1121）年、同母姉・泰《やす》子《こ》の後宮入りをめぐる問題で、父の忠実が罷免されたため、関白《かんぱく》と藤氏《とうし》長者《ちょうじゃ》の座を手中にした。宇治《うじ》に隠居した忠実は、これらの処分に納得がいかず、庶子の頼長に肩入れするようになった。

一方、白河《しらかわ》法皇の専制化（院政《いんせい》）は進むばかりで、すでに天皇の摂政《せっしょう》・関白は名ばかりのものとなりつつあった。大治《だいじ》4（1129）年に白河法皇が死去すると、今度は鳥羽《とば》上皇が院政を開始し、父の忠実が政界復帰して鳥羽を支えるようになる。

忠通は、幼い天皇（崇徳《すとく》）との関係強化を図り、娘の聖子《きよこ》を入内《じゅだい》させるなど、権力維持を図った。しかし聖子は子を産めず、思いどおりの結果は得られない。しかも長承《ちょうじょう》元（1132）年には、父の忠実が鳥羽上皇の内覧《ないらん》として実権を掌握した。

そこで忠通は、鳥羽上皇の后である得子《とくこ》（美福門院《びふくもんいん》）との関係を強化し、事態の打開を図る。永治《えいじ》元（1141）年には鳥羽と得子の子・近衛《このえ》天皇がわずか3歳で即位し、忠通は摂政に就任した。その後、摂政の座を頼長《よりなが》に譲れと迫る父の要求をことごとく退けたため、忠通はついに忠実から縁を切られ、藤氏長者は頼長へと渡った。

以後、忠通と頼長の骨肉の兄弟げんかは続く。保元《ほうげん》元（1156）年に鳥羽法皇が崩御すると、皇位継承などさまざまな対立軸がからみ、朝廷は後白河方と崇徳上皇方で二分され、ついに武力衝突に発展する（保元の乱）。崇徳方が敗れ、頼長が敗死すると、忠通は摂関家存続のため、その所領を相続した。

忠通の一生は、摂関家の最後のあがきともとれる努力に費やされたが、すでに時流は院政に傾き、さらに保元・平治の乱を経て、武士の世が目前に迫っていた。

藤原忠通（『天子摂関御影』第2巻「摂関巻」より。皇居三の丸尚蔵館所蔵）

TOPICS

不幸のかたまりのような崇徳帝

鳥羽の子・崇徳天皇は、実は祖父の白河院の子（異説あり）という非常に複雑な立場にあった。それもあってか、崇徳は在位中も隠居後も鳥羽に実権を握られ、自分の子が即位する望みも断たれた。そのため保元の乱を起こすも敗れ、失意のうちに死去した。そうした成り行きから、死後は怨霊として恐れられた。

ひそかなキーパーソン・美福門院

鳥羽上皇の寵愛を一身に受けた美福門院は、まず崇徳を嫌う鳥羽と図って崇徳を退位させ、自分の子（近衛天皇）を即位させた。さらに近衛が早逝すると、養子の守仁《もりひと》親王に帝位を継がせるため、つなぎとしてその兄（後白河）を即位させた。これが「保元の乱」の大きな原因であり、美福門院は引き金を引いた1人といえる。

COLUMN

「悪左府」頼長と保元の乱

藤原頼長は忠通の異母弟にあたる。学問や実務能力に優れ「日本第一の大学生《だいがくしょう》」（『愚管抄《ぐかんしょう》』）などと評された。父の忠実からは摂関家復興の希望の星としてかわいがられ、ついには藤氏長者となり、忠通と並び立つまでになった。

しかし頼長は、法と秩序を重視するあまり、非常に厳しく貴族社会を取り締まろうとした。そのため「悪左府」というあだ名をつけられるほどだった。いつしか頼長は寺社などと対立、鳥羽法皇の信頼も失った。

やがて鳥羽が逝去し、頼長が後ろ盾を失うと、今度は忠通が勢力挽回を図る。「崇徳と頼長が反乱を企てているらしい」という噂《うわさ》が広まり、頼長に対する挑発は続いた。

そしてついに頼長は挙兵する（保元の乱）。天皇家や藤原家、源氏や平氏など新興勢力の対立構図も重なり、乱は大規模なものとなった。

若くして頂点に立った近衛家の祖

近衛基実

このえ・もとざね

康治2（1143）年～永万2（1166）年

近衛基実像（『天子摂関御影』第2巻「摂関巻」より。三の丸尚蔵館蔵）

藤原忠通《ただみち》の子。母は村上《むらかみ》源氏の公《く》卿《ぎょう》・源国信《みなもとのくにざね》の娘（信子《のぶこ》）。父・忠通と叔父・頼長《よりなが》の確執もあり、幼少期の基実は伯母の泰子《やすこ》のもとに預けられるなど、その所属は二転三転する。しかし最終的には正式に忠通の後継者となった。

だが、その忠通の地位もまた揺れ動き、頼長に藤氏長者《とうしのちょうじゃ》を明け渡すなど、不安定な状況であった。そのため基実の出世は思わしくなかった。

久寿《きゅうじゅ》２（１１５５）年、近衛《このえ》天皇の崩御により、忠通と美福門院《びふくもんいん》（鳥《と》羽《ば》天皇の皇后で近衛天皇の母）が推す後白河《ごしらかわ》天皇が即位すると、風向きが一気に変わる。基実は後白河の後援を受けて昇進を重ね、保元《ほうげん》の乱で後白河方が勝利するとさらに将来が開け、保元２（１１５７）年には右大《うだい》臣《じん》に任じられた。

さらに翌年、後白河の後継として即位した二条《にじょう》天皇の関白《かんぱく》となり、藤氏長者も引き継いだ。わずか16歳であった。

長寛《ちょうかん》２（１１６４）年には、保元・平治《へいじ》の乱で台頭した平清盛《たいらのきよもり》の娘・盛子《もりこ》を正室に迎え、翌年には六条《ろくじょう》天皇（二条天皇の子）の摂政となるが、翌永万《えいまん》２（１１６６）年、24歳の若さで急死した。

COLUMN

近衛家、五摂家とは?

藤原北家《ほっけ》の嫡流は基実とその異母弟・基《もと》房《ふさ》の代で分裂。基実の系統は子の基通《もとみち》が近衛大路沿いに住んだため「近衛流」と呼ばれ、基房の系統は御殿名から「松殿家」と呼ばれた。やがて松殿家は廃れるが、鎌倉時代になると近衛流は近衛家、九条《くじょう》家、一条《いちじょう》家、二条《にじょう》家、鷹司《たかつかさ》家の五つに分裂し、交互に摂関《せっかん》を輩出するようになった。

平家の怒りにふれた松殿家の祖

松殿基房

まつどの・もとふさ

久安元(1145)年〜寛喜2(1231)年

松殿基房像(『天子摂関御影』第2巻「摂関巻」より。宮内庁書陵部蔵)

藤原忠通《ただみち》の子。近衛《このえ》基実《もとざね》の同母弟。兄とともに出世し、若くして大《だい》臣《じん》となる。兄の基実《もとざね》が早逝すると、基実の子基通《もとみち》がまだ幼かったため、基実の跡を継いで摂政《せっしょう》、太政《だいじょう》大臣、関白《かんぱく》を歴任。さらに22歳の若さで藤《とう》氏長者《しのちょうじゃ》を引き継いだ。

基実は平清盛《たいらのきよもり》の娘盛子《もりこ》を妻として平家との関係を強化していたが、基房は逆に清盛の不興を買い、関係が悪化した。その根底には、盛子が引き継いだ摂関《せっかん》家領をめぐるトラブルなどがあった。

基房は後白河《ごしらかわ》院との関係を強め、摂関家の地位向上をはかる。しかし清盛は、盛子の関係から基実の子基通の擁立を画策しており、次第に後白河・基房と清盛の対立が表面化。治承《じしょう》3(1179)年、清盛は挙兵して京を制圧、後白河の院政を停止した(治承三年の政変)。基房は大《だ》宰権帥《ざいのごんのそち》に左遷《させん》されたが、途中で出家したため備前《びぜん》国(岡山県南部など)への配流に減免された。

やがて源平の争乱が激化すると、基房は上洛してきた源義仲《みなもとのよしなか》と結託。しかし義仲が敗死すると失脚し、政界を退いた。その後は公事《くじ》(朝廷の儀式や行事など)に通じた長老として重んじられ、87歳の長寿をまっとうした。

COLUMN

「殿下乗合事件」と基房

嘉応《かおう》2(1170)年、清盛の孫資盛《すけもり》と基房の牛車《ぎっしゃ》が偶然すれ違った際、無礼があったとして基房の従者が暴力沙汰を起こした。これを知った資盛の父重盛《しげもり》(清盛の長男)は激怒。基房は謝罪するも重盛の怒りは収まらず、参内《さんだい》途中に重盛の手勢に襲撃された。平家の勢いと摂関家の衰退を象徴する出来事といえる。

平安京
豆知識
④

平安京の都市計画とは？

平安京復元模型の朱雀大路（平安京創生館蔵）

平安京の大路、小路の多くは、現在の京都の生活道路となっている。すべての道路が縦（南北）・横（東西）に直行し、直角に交わることで碁盤の目のような都市設計がなされていたことが分かる。これはすべて、中国の首都洛陽や長安を模したものだった。遷都《せんと》当時、これらの道は現在よりもかなり広く、羅城門から朱雀門へと続くメインストリートの朱雀大路などは、幅が約70メートルもあり、小路でも幅12メートルあったとされている。

こうした道は、洛陽や長安に学んだ都市計画に沿って造られたものだが、当時の生活実態に照らすとあまりにも巨大すぎた。平安京は、当時の日本のスケールには見合ってなかったのだ。平安遷都から150〜200年後の10世紀に、平安京は大きく変容した。道幅は生活実態に合わせて狭くなり、新たに細かな道も造られた。現在でも「姉三六角蛸錦（姉小路《あねこうじ》、三条、六角、蛸薬師《たこやくし》、錦小路）」などと呼ばれる道がそれだ。綾小路、油小路などの商品名がつく道には、それを扱う店があり、当時の住民（庶民）が生活の必要から名付けたと思われる。現在の京都は、この10世紀の大改造によって造られた町なのだ。

発掘により確認された平安京朱雀大路跡（京都市下京区）

第4部

藤原道長をめぐる女性たち

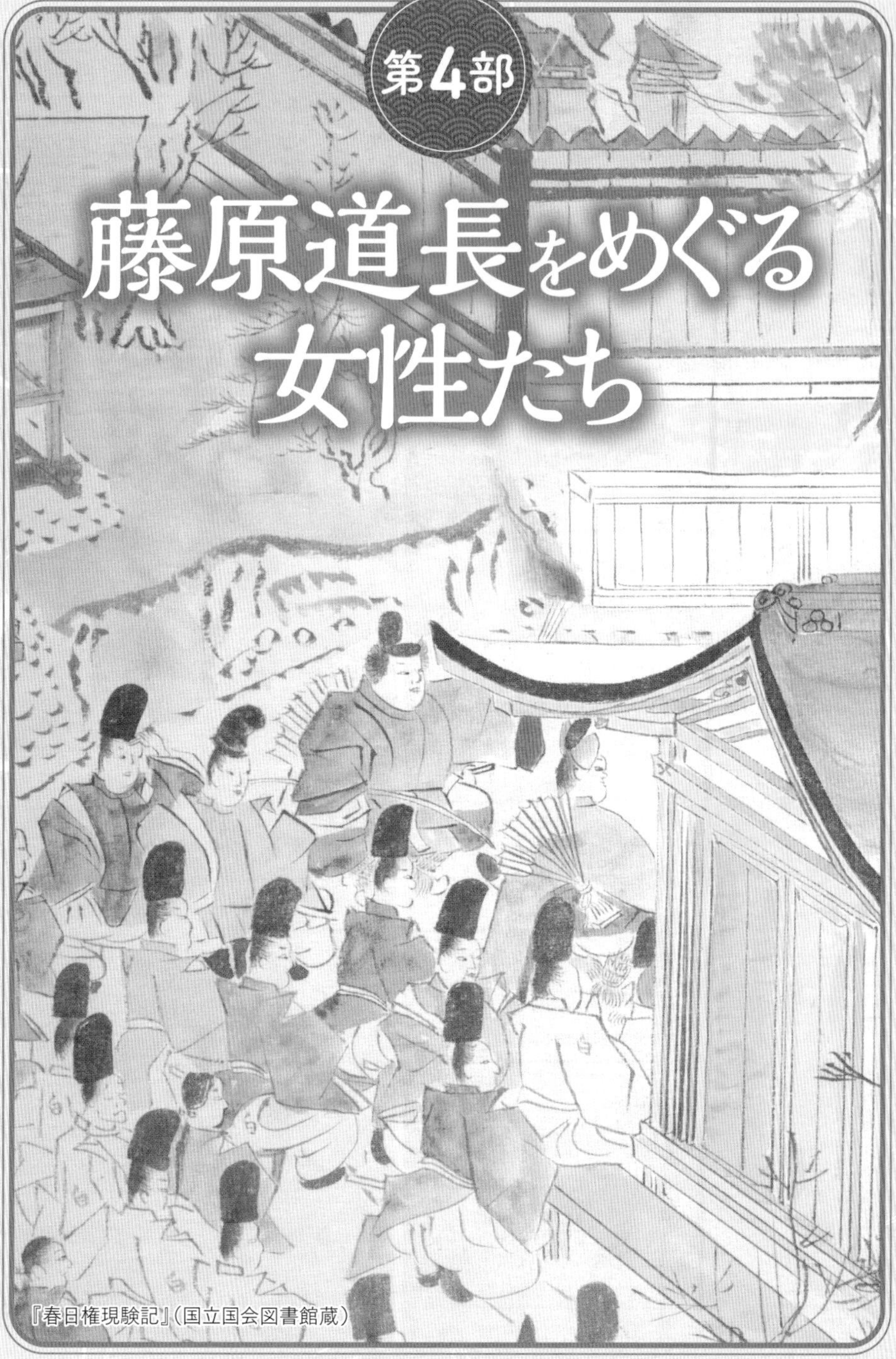

『春日権現験記』（国立国会図書館蔵）

謎も多い藤原道長の実母

藤原時姫

ふじわらの・ときひめ

生年不詳～
天元3（980）年

藤原兼家《かねいえ》の正妻。道隆《みちたか》、道兼《みちかね》、道《みち》長《なが》、超子《とおこ》、詮子《あきこ》を産んだ。

時姫の父は藤原中正《なかまさ》（北家）、あるいはその子・安親《やすちか》とされる。中正は受領《ずりょう》階級（中級貴族）のため、兼家に嫁いだ時姫は、相当な玉の輿に乗ったことになる。

天暦《てんりゃく》4（950）年ごろに兼家と結婚し、長男の道隆を出産。末子の道長は康保《こうほう》3（966）年に生まれている。

重要な立ち位置の女性ながら記録が少なく、人となりはあまり見えてこない。兼家の妻の1人である藤原道綱母《みちつなのはは》はライバルの時姫に対し、道兼が通ってくることがお互い少なくなったと同情しあう手紙を送っている。しかし5人の子を産んだ時姫の立場は強く、あきらかに待遇は上であった。

天禄《てんろく》元（970）年、兼家は東三《ひがしさん》条《じょう》に新御殿を建造、時姫と子どもたちはそこに移された。正妻として認められた形であった。しかし天元《てんげん》3（980）年1月21日、時姫は逝去する。そのわずか14日前に、末っ子の道長が15歳で元服を迎えたばかりであった。生年は不明なので享年もはっきりしないが、50歳より若かったと思われる。

時姫や子どもたちが移された東三条殿跡（兼家邸跡。京都市中京区）

COLUMN

どれほどの玉の輿なのか？

時姫の母は橘 厳子《たちばなのげんし》といい、中納言《ちゅうなごん》橘澄《すみ》清《きよ》の娘という。わずかに母方のほうが上ながら、父母いずれもほぼ受領階級のようだ。確かに玉の輿ではあるのだが、最初から正妻扱いだったわけではないことには注意したい。男子だけでなく、皇族に嫁がせるための女子もしっかり産み育てたことが、時姫の幸運につながったのだ。

藤原道綱母

ふじわらの・みちつなのはは

兼家を待ち続けた文才あふれる妻

生年不詳～長徳元(995)年

藤原兼家《かねいえ》の妻の1人。日記文学の傑作『蜻蛉日記《かげろうにっき》』の作者として知られる。父は藤原倫寧《ともやす》、母は不詳。

倫寧は典型的な受領《ずりょう》層ながら、河《かわ》内守《ちのかみ》など上国《じょうこく》(等級が上の国)の長官を歴任してきた人物であった。また倫寧の歌が『後拾遺和歌集《ごしゅういわかしゅう》』に1首掲載されているので、文人の家系といえる。

天暦《てんりゃく》8(954)年に兼家から求婚され、翌年に道綱を出産する。しかし兼家は時姫を厚遇し、それでも兼家の「いずれ一緒に住まわせよう」という言葉を信じていたが、天禄《てんろく》元(970)年に東三条《ひがしさんじょう》御殿が完成しても道綱母は呼ばれなかった。文人としてのプライドの高さも、寵愛を失った理由のひとつといわれている。

息子の道綱は、兼家の次男ながら五男の道長《みちなが》にすら遅れをとり、大納言《だいなごん》が最終官位であった。これは母の身分差というより、単純に無能であったからだという。藤原実資《さねすけ》は日記『小右記《しょうゆうき》』で道綱のことを「名は書けるが一、二を知らない」と酷評した。母はこの道綱の恋文の代筆までやっていたという。

その後、兼家とは離婚状態となるが、歌の贈答など文筆の世界で本領を発揮した。

藤原道綱母(『錦百人一首あつま織』より。国立国会図書館蔵)

COLUMN

道長と道綱母の関係は?

道長と道綱母の関係がはっきり分かる記録はないが、道綱の妻の1人が道長の正妻・倫子《みちこ》の妹であることから、道長が道綱とその母をそれなりに尊重していた様子はうかがえる。一族の祝いの席で歌が披露されるほど文才を認められていた道綱母を、道長は一族内の貴重な存在として尊敬していたのかもしれない。

道長の姉にして三条天皇の実母

藤原超子

ふじわらの・とおこ（ちょうし）

生年不詳～
天元5（982）年

藤原兼家《かねいえ》と時姫《ときひめ》の間の長女。生年は不明で、道長が3歳のときに冷泉《れいぜい》天皇の女《にょう》御《ご》（后の三番手）として入内《じゅだい》（后が正式に内裏《だいり》に入ること）している。このとき父の兼家はまだ従三位《じゅさんみ》という位階で、これは公卿《くぎょう》に達していない者の娘が女御となった最初の例だという。

天延《てんえん》4（976）年、冷泉上皇（7年前に譲位）の第2皇子となる居貞《おきさだ》親王を産む。のちの三条《さんじょう》天皇である。超子はその後も男子2人と女子1人を産んでいる。

天元《てんげん》5（982）年正月、夜通し宴を行う庚申《こうしん》の日の明け方近くに超子は亡くなった。脇息《きょうそく》（ひじ掛け）に寄りかかるようにして、眠るように息を引き取っていたという。突然の死を一族は嘆き、藤原の女子は以後庚申の遊びをすることはなくなったという。

超子が居貞親王を産んだ東三条殿跡（京都市中京区）

美男の公家と密通した道長の妹

藤原綏子

ふじわらの・やすこ（すいし）

天延2（974）年～
寛弘元（1004）年

藤原兼家《かねいえ》の娘の1人。道《みち》長《なが》の異母妹。母は対御方《たいのおんかた》と呼ばれた女性で、後に兼家の長男道隆《みちたか》の妾となっている。

永延《えいえん》元（987）年、綏子は14歳で尚侍《しょうじ》（天皇の取次役の女官）として居貞《おきさだ》親王（後の三条《さんじょう》天皇）の後宮に入った。これは後宮に入れるための形式上の任官であり、以後このパターンでの入内《じゅだい》が慣例化する。

しかし居貞親王の寵愛を受けることはなかったようで、数年で内裏《だいり》を出て別邸で生活するようになる。そしてその屋敷で、美男子として知られた源《みなもとの》頼定《よりさだ》との密通が発覚する。道長の報告でそれを知った居貞親王は、特段の処分は下さなかったが、自身が即位すると頼定を冷遇した。

綏子は頼定の子を産んだともいうがはっきりせず、31歳で亡くなった。

綏子が晩年暮らした土御門第跡（京都御苑。京都市上京区）

藤原道長を陰に支えた健康な妻

源倫子

みなもとの・みちこ（りんし）

康保元（964）年〜天喜元（1053）年？

藤原道長《みちなが》の正妻。父は宇多天皇《うだ》の孫で左大臣《さだいじん》の源雅信《まさざね》。永延元《えいえん》（987）年、倫子が24歳のときに道長と結婚する。道長はまだ公卿《くぎょう》ですらなく、血筋からしても倫子のほうが格上であった。

源倫子（『紫式部日記絵巻』断簡〈部分〉より。東京国立博物館蔵、ColBase）

翌年、倫子は長女の彰子《あきこ》を出産し、以後、44歳で末子の嬉子《よしこ》を産むまでに二男四女をもうけている。いかに健康な女性であったかがうかがえる。

その間の長徳元《ちょうとく》（995）年に、道長は兄たちの死を受けて藤《とう》氏長者《しのちょうじゃ》となり、内覧《ないらん》（天皇の補佐役でほぼ関白《かんぱく》と同様）に任じられている。結婚から8年後のことであった。

そして長保元《ちょうほう》（999）年、彰子がわずか12歳で一条《いちじょう》天皇の後宮入りをする。倫子はそのために事前に従三位《じゅさんみ》まで一気に官位を上げられており、まだ幼い彰子を宮中の内外から支え続けた。

やがて彰子が2人の皇子を産むと、従一位《じゅいちい》という破格の位階を授けられた。その後もたびたび道長に同行して内裏《だいり》に赴くなど、活発に活動する。さらに娘たちが次々と入内《じゅだい》し、忙しい日々を送った。やがて后と同様の待遇となり、道長の死後まで重宝された。

COLUMN

倫子はどんな女性だったのか？

貴族の子女は屋敷に籠《こ》もるのが普通であった時代、倫子は非常に活発に自邸と内裏などを往来し、夫の道長や息子の頼通《よりみち》、そして后となった娘たちを支え続けた。見た目も若々しく、美しい黒髪をもっていたという。彰子の女房である紫式部《むらさきしきぶ》にちょっとした贈り物や文を贈るなど、細かい気づかいもできる女性であった。

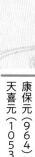

藤原詮子

ふじわらの・あきこ（せんし）

道長を出世街道に導いた一条帝の母

応和2（962）年〜長保3（1002）年

藤原兼家《かねいえ》の次女。母は藤原時姫《ときひめ》なので道長《みちなが》の同母姉（5歳年長）となる。天元《てんげん》元（978）年、17歳で円《えん》融《ゆう》天皇の女御《にょうご》として後宮に入った。愛嬌があり親しみやすく可憐な女子だったという。

翌天元2年、円融帝の中宮《ちゅうぐう》（后）の藤原媓子《てるこ》が亡くなった。子がなかったため、その後継に関心が集まった。そんななかで詮子の懐妊が認められたようで、天元3年の正月に詮子は従四位下《じゅしいげ》の位階を授かり、同年6月に懐仁《やすひと》親王を出産した。

しかし、詮子の立場はまだ女御であり、中宮は空位のままだった。天元5年、関白《かんぱく》藤原頼忠《よりただ》の娘の遵子《のぶこ》が円融帝の中宮となる。男子を産んだ詮子を差し置いて、子がない遵子が后となったことに、兼家と詮子は不満を隠さない。詮子は懐仁親王を連れて実家（東三条《ひがしさんじょう》邸）に一時避難している。

永観《えいかん》2（984）年、円融帝が師貞《もろさだ》親王（花山《かざん》天皇）に譲位し、懐仁親王が立太子された。そのわずか2年後、花山天皇は7歳の懐仁に譲位する。これが一条《いちじょう》天皇である。まだ幼い天皇を補佐するため、祖父の兼家が摂政に就任し、生母の詮子は皇太后となった。これが女御から中宮を経ずに皇太后となった初の例となる。詮子もまた、わが子のために積極的に活動した。

正暦《しょうりゃく》2（991）年、詮子は病気を理由に出家し、東三条院を号した。史上初の女院《にょいん》の誕生である。出家後も詮子は強い影響力を発揮し、弟の道長が藤氏長者《とうしのちょうじゃ》になるのを助け、その出世を強力に後押しした。

一条帝も、母を大いに尊敬していたようだ。『枕草子《まくらのそうし》』には、一条帝が石清水《いわしみず》八幡宮への行幸から帰るさい、詮子にきちんと挨拶したことが書かれており、清少納言《せいしょうなごん》はそれを大変立派なことだと褒めている。

晩年は体調を崩しがちになり、40歳の若さで亡くなった。道長や一条帝は、その死をひどく嘆いた。

TOPICS

兄・道隆の子に恨まれた詮子

朝廷で強い発言権を有していた詮子は、国政にも関与していたようだ。道長のライバルであった藤原伊周《これちか》（道隆《みちたか》の子）は、花山院に射かける事件（長徳《ちょうとく》の変）を起こしたのちに左遷されるのだが、その罪状のひとつが「詮子を呪詛《じゅそ》した」というものであった。実際詮子は、甥の伊周をないがしろにしていた節がある。

死の床で安倍晴明が占う

死の直前、いよいよ病状が悪くなった詮子のため、陰陽《おんみょう》師の安倍晴明《あべのせいめい》が呼ばれた。占い（方忌《かたいみ》という）が実施されると、方角が悪いと出たため、御《ご》座《ざ》（いわゆる寝床）を東三条邸に移すなどして望みをつないだ。そうした理由のためか、詮子は自邸ではなく院別当《いんのべっとう》（長官）・藤原行成《ゆきなり》の邸宅で亡くなっている。

東三条院詮子（『国史肖像集成』第５輯より）

COLUMN

円融天皇の后の座をめぐって

詮子が産んだ懐仁親王は、結果として円融天皇のたった一人の皇子となった。しかし、当時の后は、自分も産めるはずと当然のように期待をしていたことだろう。

天元5年に中宮の座についた遵子とその一族も、そうした期待を持っていたに違いない。遵子の兄は藤原公任《きんとう》といい、『和漢朗詠集《わかんろうえいしゅう》』の撰者であり歌人としても知られている文化人であった。公任は、妹が中宮に選ばれたのち、詮子の実家である東三条院の前を通った際に「ここの女御は、いつになったら后に立てられるのでしょう」と言い放ったという。結果的に遵子は子を産めず、レースから完全に脱落するのだが……。

藤原公任といえば、酒の席で紫式部を「若紫《わかむらさき》」と呼んだことでも知られている。もともと少し軽口な男性だったのかもしれない。

アラサーで道長の愛人となる

藤原儼子

ふじわらの・たけこ（げんし）

生年不詳～長和5（1016）年

花山《かざん》法皇の愛人、のち藤原道長《みちなが》の愛人。父は藤原為《ため》光《みつ》といい、一条《いちじょう》朝で太政大《だいじょうだい》臣《じん》（最高官位）にまで上りつめている。穠子《しげこ》は同母妹。

花山天皇が深く愛した藤原忯子《よしこ》は、儼子と穠子の異母姉にあたる。忯子が亡くなると、花山帝は出家して法皇となり、今度は儼子のもとに通うようになった。そして、花山法皇と同じ女性を取り合っていると勘違いした藤原伊周《これちか》が花山院闘乱事件（長徳の変）を起こす。いつしか儼子は法皇の寵愛を失うと、道長の娘妍《きよ》子《こ》の話し相手として道長邸に迎えられた。

しかし、ここで道長の手がついた。儼子は30歳前後だった。やがて妊娠が発覚するが、出産前に母子ともに亡くなった。道長は、従妹であり愛人という複雑な関係からか、儼子の死を日記に記さなかった。

儼子が迎えられた枇杷殿跡（京都御苑。京都市上京区）

妍子に重用された儼子の妹

藤原穠子

ふじわらの・しげこ（じょうし）

生没年不詳

藤原道長《みちなが》の娘妍子《きよこ》の女《にょう》房《ぼう》であり、道長の愛人。藤原為光《ためみつ》の五女にあたるため「五の御方《おんかた》」と呼ばれた。源兼資《みなもとのかねすけ》という中級貴族と結婚するが死別し、長《ちょう》和《わ》2（1013）年に中宮《ちゅうぐう》妍子の女房として出仕を開始する。血筋ゆえか、妍子に気に入られたのか、以後は上臈《じょうろう》女房（女官のうち身分の高い者）として重んじられた。そして、姉同様に道長の手がついた。

同母姉の儼子《たけこ》が亡くなってわずか3カ月後、穠子が道長の子を妊娠していることが発覚する。しかし18カ月たっても出産の兆候はみえず、それ以後話題になっていないため、想像妊娠だった可能性もある。姉も妹も、結局道長の子を産むことはなかった。

その後も妍子の女房筆頭として、「五の御方」の名は記録に多数残されている。

女房装束の女性（國學院高等学校）

藤原道長の「13人目の子」を産む

源 重光女

みなもとの・しげみつのむすめ

天延2（974）年?～寛弘8（1011）年

藤原道長《みちなが》は12人の子を認知したが、公的な記録がない13人目の庶子がいた。長《ちょう》信《しん》といい、その母が源重光の娘である。父の重光は、醍醐《だいご》天皇の孫にあたる。

重光の別の娘は藤原伊周《これちか》の正室となり、長男の道雅《みちまさ》を産んでいる。重光は婿の伊周を後押しするため、大《だい》納言《なごん》の職を伊周に譲るほど肩入れしていた。しかし伊周は長徳《ちょうとく》2（996）年の花山《かざん》法皇襲撃事件で失脚、重光は2年後に失意のうちに亡くなった。

一方、娘は藤原道長の妾となり、長信を産むことになるが、妾となり子を産むことになった経緯など、一切が不明である。

子の長信は、おそらく幼いころに仁和寺《にんなじ》（京都市左京区）にいた源倫子の甥延《えん》尋《じん》に預けられ、後に真言《しんごん》宗の最高位となる東寺長者《とうじちょうじゃ》まで上りつめている。

長信が預けられた仁和寺の二王門（京都市右京区）

藤原道長の「もう一人の妻」

源 明子

みなもとの・あきらけいこ（めいし）

生年不詳～永承4（1049）年

藤原道長《ふじわらのみちなが》の妻の1人。父は左大臣《さだいじん》源高明《みなもとのたかあきら》。母の愛宮《あいみや》は、道長の祖父師輔《もろすけ》と醍醐《だいご》天皇皇女の間の娘。父の高明は謀反《むほん》の嫌疑を受けて大宰府《だざいふ》へ左遷され（安《あん》和《な》の変）、愛宮は出家して隠棲した。そのため明子は高明の同母弟である盛明《もりあきら》親王の養子となった。

寛和《かんな》2（986）年、養父の盛明親王が死去すると、明子は道長の姉・詮子《あきこ》の東三条第《ひがしさんじょうてい》に養子のような形で迎えられた。詮子は明子と道長の交際を許して、源倫子《みちこ》より先にその妻となった。

やがて明子は四男二女を産むが、倫子より格下の次妻の扱いを受けることとなる。明らかに倫子より家格が上の明子だが、後ろ盾となる皇族がすでにいないことが大きく響いたようだ。

その後も、身分差に甘んじながらも道長を盛り立て、長寿をまっとうした。

明子が生まれた高松殿跡（京都市中京区）

一条天皇に深く愛された悲劇の中宮

藤原定子

ふじわらの・さだこ（ていし）

貞元元（９７６）年〜長保２（１０００）年

藤原道隆《みちたか》の長女。母は高階貴子《たかしなのたかこ》。同母兄弟に伊周《これちか》、隆家《たかいえ》、原子《もとこ》などがいる。

定子が生まれた年に、父の道隆は殿上人《てんじょうびと》（清涼殿《せいりょうでん》に上ることを許された者）となり、貴族の仲間入りを果たしている。永祚２（９９０）年に祖父の兼家が死去し、道隆が関白《かんぱく》と藤氏長者《とうしのちょうじゃ》を引き継ぐと、定子は14歳で一条《いちじょう》天皇の後宮《こうきゅう》に入り、その年のうちに女御《にょうご》、中宮《ちゅうぐう》と昇格して正式に后となった。一条帝はこのとき11歳。定子はまだ幼い帝をリードし、他の后が後宮入りする隙を与えないほど良好な関係を築いた。

正暦６（９９５）年、妹の原子が居《おき》貞《さだ》親王（後の三条《さんじょう》天皇）の後宮に入り、道隆の権勢は極まるが、同年のうちに道隆は糖尿病が悪化して病死する。さらに後継の道兼も同年中に死去し、道長《みちなが》が頂点に立った。

さらに間の悪いことに、明けて長徳２年の正月、兄の伊周と隆家が女性をめぐるトラブルの末に花山《かざん》法皇襲撃事件を起こして左遷される。懐妊中だった定子は自邸（二条邸）にいたが、自ら鋏《はさみ》をとって落飾《らくしょく》（髪を落とすこと。出家の証し）した。同年、母の貴子は定子の行く末を案じながら病死し、その直後に定子は第１子（脩子《ながこ》内親王）を出産した。

翌年、一条帝は周囲の反対を押し切って定子を後宮に呼び戻した。出家した后を復帰させるのは異例中の異例であった。

この間にも道長は着々と権力固めを進め、長保元《ちょうほう》（９９９）年には娘の彰子《あきこ》を一条帝の後宮に送りこむ。しかし一条帝の定子への厚遇は変わらず、このとき懐妊していた定子は年末に敦康《あつやす》親王を産んだ。

翌長保２年、道長の要望により定子は皇后となり、彰子が中宮となる「二后並立」が成立する。そんななか、再び懐妊していた定子は同年末に次女（媄子《よしこ》内親王）を出産するが、その翌日に容体が悪化して亡くなった。25歳だった。

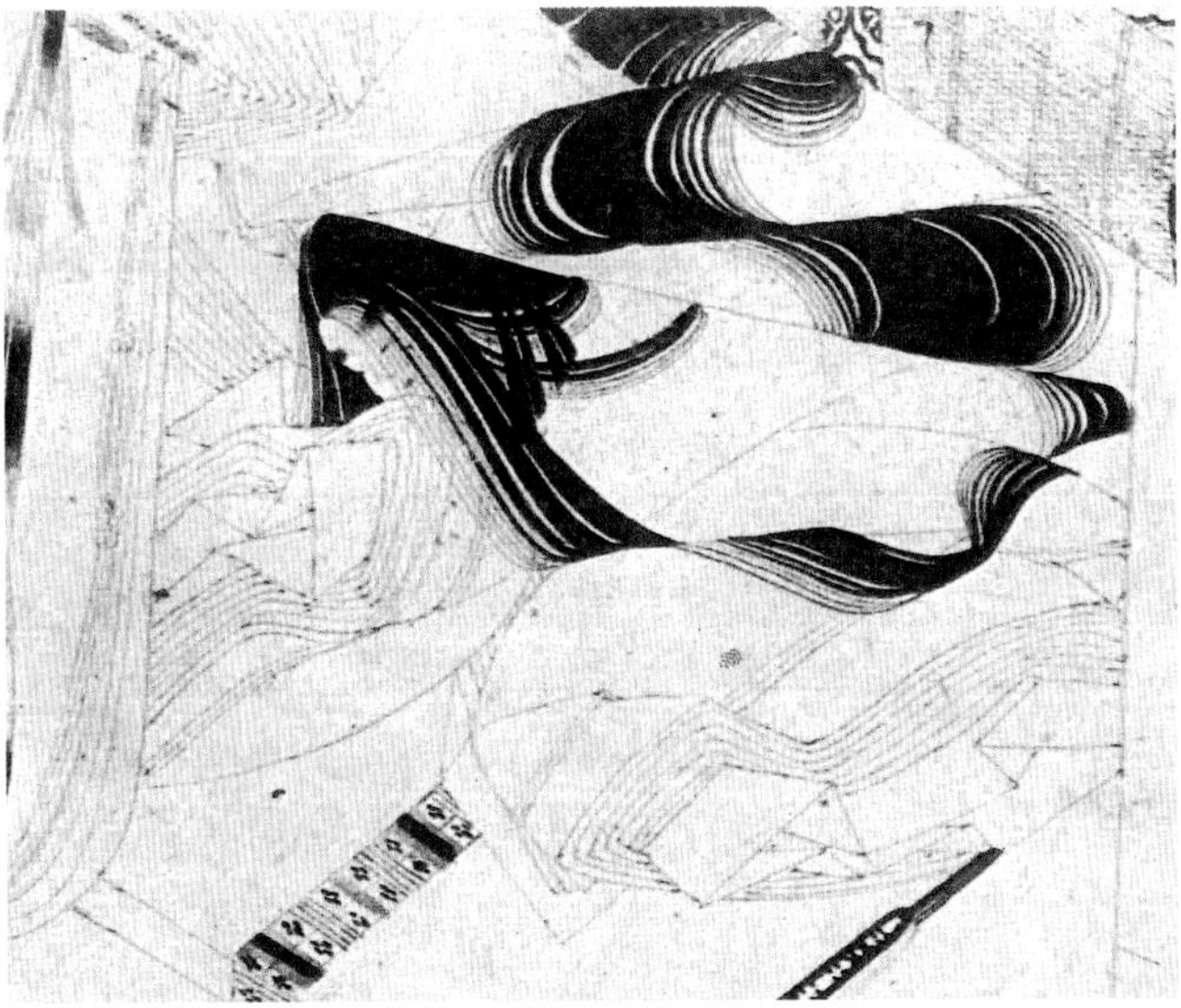

登華殿の自分の部屋（曹司）にいる藤原定子（『枕草子絵詞』より。個人蔵）

TOPICS

定子は母の学識を受け継いだ？

母の高階貴子は没落貴族の娘だが、勅撰《ちょくせん》和歌集にも選ばれた歌人であり、漢詩にも通じていた。特に歌は、のちに百人一首にも取り上げられている（ただし名義は嫡子・伊周の役職の通称「儀同三司《ぎどうさんし》」）。娘の定子もまた、母の影響もあってか歌や漢詩に詳しかったことが『枕草子《まくらのそうし》』などから読み取ることができる。

弟の藤原隆家という人物

お家没落の原因となった花山法皇襲撃事件だが、襲撃の実行犯は、実は定子の同母弟の隆家という人物だった。大変な乱暴者として知られた隆家は、花山法皇のみならず藤原道長らとも遺恨があったようだ。しかし、公家にしては珍しく気骨のある人物として、流刑後もそれなりに重宝され、66歳まで生きた。

COLUMN

悲劇の貴公子・敦康親王

長保《ちょうほう》元（999）年に生まれた定子の第二子・敦康親王は、一条天皇も大いに期待していた男子（第1皇子）であった。しかし、後ろ盾となるはずの祖父・道隆はすでに故人であり、その後継者となるはずの伊周や隆家もすでに失脚していた。

さらに翌長保2年12月、母の定子が急死してしまう。急きょ、定子の同母妹・御匣殿《みくしげどの》（本名は不明）が敦康の母親代わりとされた。しかしわずか2年後、その御匣殿も死去する。

そこで今度は、まだ子のいない一条天皇の中宮・彰子《あきこ》が後見役となる。彰子の父・道長としては、あくまでも彰子が子を産めなかったときの保険であり、彰子が男子を産んだことでそれも解消されてしまった。

結局、敦康は、正嫡の男子でありながら皇位につくことなく、20歳の若さで亡くなった。教養があり、人柄も好まれた皇子であったという。

宮廷内で大いに成長した道長の娘

藤原彰子

ふじわらの・あきこ（しょうし）

永延2（988）年〜承保元（1074）年

藤原道長《みちなが》と倫子《みちこ》の長子で、後一条《ごいちじょう》天皇と後朱雀《ごすざく》天皇の生母。思慮深い賢后として天皇家と摂関家を支え続けた。

長保《ちょうほう》元（999）年11月、彰子は11歳で一条《いちじょう》天皇の後宮に入った。しかし中宮定子《ちゅうぐうさだこ》がまだ健在であったため、翌年2月、道長は定子を皇后とし、彰子を中宮とした。中宮はもともと皇后の意味だが、これを無理に分けて並ばせるという前代未聞の力業であった。しかし同年末、定子は女子を出産すると同時に亡くなった。結局定子と彰子は、顔を合わせることもなく、1年たらずで二后並立時代は終わった。道長は、彰子を敦康《あつやす》親王の養母とした。彰子は、敦康をわが子のようにかわいがった。

定子を心から愛していた一条帝だが、やがて彰子との関係を深めていく。そして寛弘《かんこう》5（1008）年、彰子は敦成《あつひら》親王（後の後一条天皇）を出産、翌年には敦良《あつなが》親王（後の後朱雀天皇）を出産した。

寛弘8年、一条帝が病のため譲位し、居貞《おきさだ》親王（三条《さんじょう》天皇）が即位する。道長は、彰子に相談することなく敦成親王を皇太子につけた。敦康を皇太子に、と期待していた彰子は、父の強引さを恨んだ。その後間を置かずに一条帝は崩御し、彰子は24歳にして後家となった。

長和《ちょうわ》5（1016）年、三条天皇は眼病を患《わずら》い、道長の圧迫もあり譲位を決意する。そして、ついに敦成親王（後一条天皇）が帝位についた。このときわずか9歳。道長は摂政《せっしょう》となるが、実際に政治を担ったのは国母である彰子であった。

翌年には、道長に代わって彰子の同母弟である頼通《よりみち》が摂政となる。さらに妹の威子《たけこ》が入内《じゅだい》し、後一条帝の後宮に入るなど、道長の一族は繁栄を極めた。しかし、父をはじめ頼通や妹たちが、彰子に先立って亡くなっていく。世の無常を嘆きながらも彰子は朝廷と藤原家を支え、87歳まで生きた。

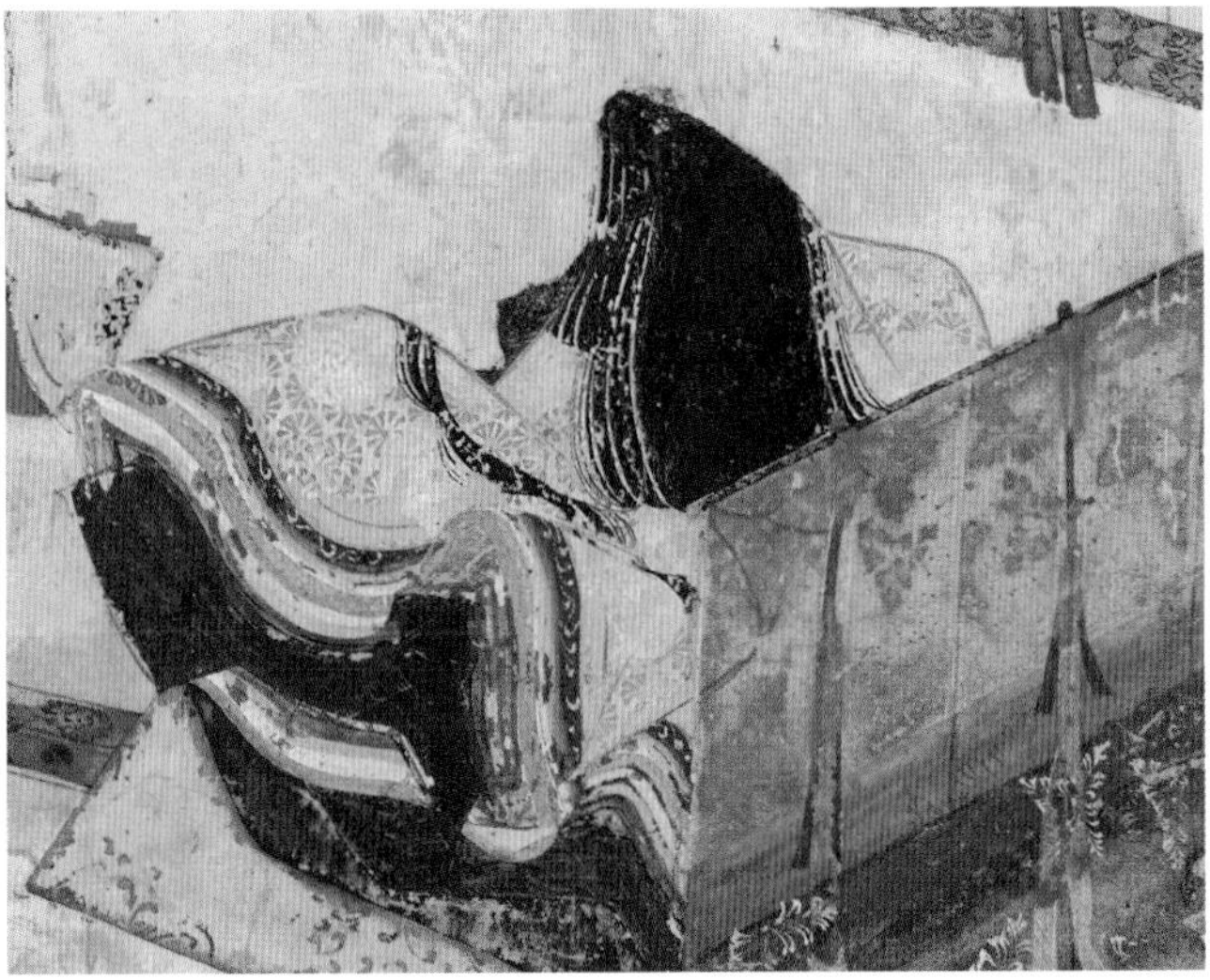

中宮彰子（『紫式部日記絵巻断簡』〈部分〉より。東京国立博物館蔵、ColBase）

TOPICS

父に反抗し、敦康親王を愛する

彰子は、少女時代から養育していた敦康親王を深く愛し、自分の子が皇太子となってからも気にかけ続けた。そして道長が有名な望月の歌を詠んだ寛仁《かんにん》2（1018）年の暮れ、敦康親王は病でひっそりと息を引き取った。20歳だった。彰子は「東宮《とうぐう》となっていたら、どんなによかったことか」と嘆いたという。

彰子の文芸サロンの実情

道長は、彰子のために紫《むらさき》式部《しきぶ》をはじめとする優れた文人たちをその女房《にょうぼう》としたが、式部や赤《あか》染衛門《ぞめえもん》、伊勢大輔《いせのたいふ》、和泉《いずみ》式部といった彰子の女房たちは、個人としての文筆活動は結果的に目立つものの、文芸サロンとしての活動（歌合わせやテーマを決めて歌を詠む、といったもの）はさほど活発ではなかったようだ。

COLUMN

晩年の彰子、死後の彰子

万寿《まんじゅ》2（1025）年、彰子の異母妹・寛子《ひろこ》が27歳で亡くなり、同年中に同母妹の嬉子《よしこ》が親仁《ちかひと》（後の後冷泉《ごれいぜい》天皇）を出産して亡くなった。その翌年、彰子は出家し、上東門院《じょうとうもんいん》となった。39歳だった。

さらに翌年には父の道長も糖尿病で亡くなり、周囲の兄弟姉妹も次々と亡くなるが、彰子は道長の意思を継ぐように、天皇家と摂関家《せっかん》の実質的な長として、弟の頼通らを支え続けた。

やがて妹たちや息子の後一条天皇らに次々と先立たれるなか、それを嘆きつつも長寿を保った。晩年は父が創建した法成寺《ほうじょうじ》に東北院という自身の住居を造り、そこで過ごした。そして87歳の長寿を全うした。

死後、彰子（上東門院）は賢后の象徴として長く語り継がれた。鎌倉時代の公卿《くぎょう》・九条道家《くじょうみちいえ》は、道長と彰子を摂関家の理想としている。

父親に翻弄された三条天皇の后

藤原妍子

ふじわらの・きよこ（けんし）

正暦5（994）年〜万寿4（1027）年

藤原道長《みちなが》の次女。母は源倫子《みなもとのみちこ》。彰子《あきこ》は6年上の同母姉、頼通《よりみち》は2年上の同母兄にあたる。長保《ちょうほう》5（1003）年に頼通が12歳で元服し、同じく妍子も裳着《もぎ》という女子の大事な通過儀礼を行っているのだが、詳細な記録が残る頼通に対し、妍子の記事は「中《なか》の君《きみ》裳着」とだけ記されている。すでに幼少から、姉や兄とは扱いに大きな差があった。

その翌年、妍子は正四位下尚侍《しょうしいげしょうし》に任じられる。尚侍は后の候補となる女性にあたえられる役職で、実質的な仕事はない。そして寛弘《かんこう》7（1010）年、17歳で皇太子居貞親王《おきさだ》の後宮に入った。居貞はすでに35歳、中宮娍子《ちゅうぐうすけこ》との間には妍子と同年齢の敦明《あつあきら》親王がいる。妍子は、あえていえば彰子の保険として、道長によって親子ほど年の差がある居貞親王に嫁がされたのであった。

翌年には一条《いちじょう》天皇が病を理由に居貞親王に譲位し（三条《さんじょう》天皇）、道長の意向により、同日に娍子は皇后となり、妍子は中宮となった。しかし長和《ちょうわ》2（1013）年に妍子が産んだのは女子（禎子《さだこ》内親王）であった。三条帝との関係改善を期待していた道長は、それを聞いて不機嫌になったという。

息子とともに栄達《えいたつ》を極めた彰子に対し、妍子は自分との差を意識せざるを得なかった。そういう背景からか、姉妹はあまり会うこともなく、良好な関係とはいえなかったようだ。我を忘れるような宴会を好んだのも、姉や兄に対する複雑な心理が働いていたのかもしれない。

寛仁《かんにん》元（1017）年、三条天皇が崩御すると、後家となり後ろ盾を失った妍子と子の禎子内親王は、姉の彰子に頼らざるを得ない立場となった。

その後はしばらく娘とともに暮らし、万寿《まんじゅ》4（1027）年に急死した。同年に禎子は敦良《あつなが》親王に入内《じゅだい》したが、妍子がその晴れ姿を見ることは叶わなかったようだ。

藤原妍子

TOPICS

藤原実資、妍子の宴会を嘆く

藤原実資《さねすけ》は、日記（『小右記《しょうゆうき》』）のなかで妍子をたびたび批判している。治安《じあん》元（1021）年2月には「昨日、妍子宮では管弦の宴が夜中まで続いたという。京の市中が疫病で大変ななか、道長一門は遊びに忙しい。愚かだ」と書き残している。ただ、派手好きは父も母も同じであり、一族の特性といえるかもしれない。

彰子と妍子の知られざる暗闘

長和《ちょうわ》2（1013）年、宴の余興として彰子から妍子に『古今和歌集《こきんわかしゅう》』などが贈られた。贈り物を用意していなかった妍子は、他人からもらった物を横流しして彰子に贈った。彰子はそれを知り「その人の気持ちがこもったものなのに……」として妍子に返却する。しかし妍子は「それなら私も」と贈り物を彰子に返却した。2人の関係性と性格がよく表れている。

COLUMN

妍子の葬儀の詳細

平安時代の葬儀の様子が記された記録は少ないが、妍子や嬉子《よしこ》は道長より先に亡くなったためか、葬儀の記録がある程度残されている。

万寿《まんじゅ》4（1027）年、妍子が危篤状態となると、その枕元に道長や倫子や頼通など親族が集まった。息絶えた妍子に、道長は「年老いた父母を残してどこに行ってしまうのか。私をお供に連れていきなさい」と声をあげて泣いたという。

そして暦博士《こよみはかせ》の賀茂守道《かものもりみち》が呼ばれ、占いによって葬送の日が2日後、葬送場所は鳥辺野《とりべの》の北の大谷《おおたに》（京都市東山区）と決まった。清水寺《きよみずでら》のふもとに広がる鳥辺野とその一帯は、平安京の葬送地として知られている。

妍子の棺には道具類が入れられ、親族の男子たちがそれを担ぎ、糸毛《いとげ》車《くるま》（牛車《ぎっしゃ》）で鳥辺野へ運ばれた。そこで荼毘《だび》に付され、遺骨は藤原家代々の墓所である宇治《うじ》の木幡《こはた》に運ばれた。

男子の誕生をひたすら願った道長の娘

藤原威子

ふじわらの・たけこ（いし）

長保元（999）年〜長元9（1036）年

藤原道長《みちなが》と源倫子《みなもとのみちこ》の間の三女。彰子《あきこ》、妍子《きよこ》は同母姉、頼通《よりみち》、教通《のりみち》は同母兄となる。

長和《ちょうわ》元（１０１２）年、威子は姉・妍子の後任として14歳で尚侍《しょうし》に任じられた。お決まりの入内《じゅだい》コースである。そしてそのお相手は、姉・彰子の子の敦成《あつひら》親王（このとき5歳）であった。

同年10月には、女子の元服にあたる裳着《もぎ》が実施され、着々と準備が進んでいく。長和《ちょうわ》5年、三条《さんじょう》天皇が敦成親王（後一条《ごいちじょう》天皇）に譲位する。そして2年後の寛仁《かんにん》２（１０１８）年、後一条帝は11歳で元服し、いよいよ女御《にょうご》として威子を迎えることとなる。このとき威子は20歳になっていた。同年中に威子は立后《りっこう》されて皇后となり、姉の妍子は皇太后《こうたいごう》に、彰子は太《たい》皇太后となった。道長の娘たちによって前代未聞の「一家三《いっかさん》后《ごう》」が成立したのであった。

そしてこの立后を祝う席で、道長がかの有名な「望月《もちづき》の歌」を詠むのである。しかし、威子にとってはここからが本番である。姉・彰子のように皇子を産まなければ、後一条の皇統が絶えてしまうのだ。

そして万寿３（１０２６）年、ついに威子は懐妊する。同年末、威子は女子（章子《あきこ》）を産んだ。待望した男子ではなかったが、嬉子が出産直後に亡くなったばかりであったため、道長も周囲も安産であったことはなによりだった、と安堵している。

万寿4年、威子の男子出産を渇望していた道長が逝去する。その2年後、威子が産んだ子はまたしても女子（馨子《かおるこ》）だった。長元《ちょうげん》８（１０３５）年、再び威子は懐妊するが、今度は流産してしまう。本人はもちろん、後一条帝も大いに嘆いた。

長元9年3月、後一条帝は病に臥せり、後継を定めないまま崩御した。29歳だった。そのわずか5カ月後、威子は天然痘にかかり、後一条帝の後を追うように亡くなった。38歳だった。

藤原威子

TOPICS

威子の生年月日が明確な理由

威子は長保《ちょうほう》元（999）年12月23日の生まれである。姉たちの生年月日はさっぱり分からないにもかかわらず、威子のそれがはっきりしているのは、藤原行成《ゆきなり》の日記『権記《ごんき》』にその日の様子が明快に書かれているためだ。すでにこの年には、威子の父藤原道長の一挙手一投足が話題の的であった証拠ともいえる。

オールスターそろい踏みの土御門第

威子の立后から6日後、威子たちの実家である土御門第《つちみかどてい》（道長の御殿）に後一条天皇と太皇太后（彰子）が行幸し、その一行に皇太子の敦良《あつなが》親王とその后の嬉子、妍子と禎子《さだこ》内親王の親子も加わっていた。道長はその光景を「言葉にできない」と感激の様子で見守ったという。まさに月が満ちた瞬間であった。

COLUMN

子孫を残すという大命題のために……

万寿2（1025）年、敦良親王の后となっていた妹の嬉子が男子（親《ちか》仁《ひと》親王）を産むが、3日後に嬉子は亡くなった。

そして翌年末、威子が女子を産む。嬉子の悲劇の後だけに、道長も周囲の人々もただただ胸をなでおろしたが、ほかならぬ威子が男子でなかったことを悔しがったという。

長元2（1029）年、威子はまた女子を産んだ。こうなると、お世継ぎ確保のため、周辺があわただしくなってくるのは必然だろう。兄の頼通らが、新たな后を後一条帝の後宮に送り込もうとした可能性が大いにあるのだ。

だが威子と後一条帝の絆は深く、あらたな后の入内は後一条帝が断ったとされる。そしてそれが、さらに威子に無言の圧力をかける。その後も、夫婦の思い通りにいかなかったのは前述のとおりである。

後の天皇を産み急逝した末娘

藤原嬉子

ふじわらの・よしこ（きし）

寛弘4（1007）年～万寿2（1025）年

藤原嬉子

道長《みちなが》と倫子《みちこ》の四女。このとき道長は42歳、倫子は44歳。もとの名は千子だったようで、嬉子が7歳のときに姉たちとともに位階を授けられた際、名を改めたという。嬉子もまた威子《たけこ》と同じように、姉・彰子《あきこ》か妍子《きよこ》のいずれかの皇子に嫁ぐことが既定路線となっていた。

寛仁《かんにん》元（1017）年、三条《さんじょう》天皇（妍子の夫）が男子をもうけられないうちに崩御する。三条帝が愛した敦明《あつあきら》親王は、道長の圧迫により皇太子を辞退した。こうして彰子の子・敦良《あつなが》親王が立太子され、嬉子のお相手は敦良に定まった。

例によって尚侍《しょうじ》を経て、嬉子は治《じ》安《あん》元（1021）年に敦良の後宮入りする。嬉子は15歳、敦良は13歳。幼いながらも、仲睦まじい少年と少女だったという。

そして万寿《まんじゅ》2（1025）年、嬉子の懐妊が発覚する。道長の喜びはひとしおで、やがて嬉子は縁起のいい（彰子が男子を産んだ）土御門第《つちみかどてい》に移された。

しかし同年秋、はしかが京で流行し、嬉子もこれに罹患。8月になんとか男子（後の後冷泉《ごれいぜい》天皇）を出産するが、人々の願いむなしく2日後に亡くなった。19歳だった。

COLUMN

陰陽師による魂返しの呪法

嬉子の死に道長は耐え切れず、陰陽師《おんみょうじ》に「魂呼《たまよび》」という死者に魂を呼び戻す儀式を行わせている。これは当時すでに廃れていた呪法だったようで、藤原実資《さねすけ》は「このごろは聞いたことがない」と日記『小右記』に書き記している。道長がいかに動揺していたかが分かる。嬉子の遺体は船岡山《ふなおかやま》（京都市北区）に運ばれて荼毘《だび》に付された。

元皇太子に嫁がされた道長の娘

藤原寛子

ふじわらの・ひろこ（かんし）

生年不詳〜万寿2（1025）年

藤原道長《みちなが》の娘。母は源明子《みなもとのあきらけいこ》。生年は不詳だが、異母姉妹の威子《たけこ》と同じ年齢だったともいわれる。

母親が次妻扱いだったためか、待遇は倫子《みちこ》の娘より明らかに下で、記録も少ない。やがて東宮御匣殿《とうぐうみくしげどの》という女房《にょうぼう》集団の長となるが、これは尚侍《しょうじ》同様の名誉職であった。

寛仁《かんにん》元（1017）年、三《さん》条《じょう》天皇が崩御し、その子の敦明《あつあきら》親王が道長の圧迫を受けて皇太子を辞退すると、寛子はその妻とされた。予定されていた結婚なのか、親王をなぐさめるためなのかは定かでない。

その後女子を1人、男子を2人産むが、男子はいずれも早逝。自身も若くして亡くなった。相次ぐ不幸は、寛子の結婚によって押しのけられた敦明親王妃の藤原延子《のぶこ》とその父顕光《あきみつ》の怨霊の仕業と噂《うわさ》された。

寛子が生まれた高松殿跡碑（京都市中京区）

一家でただ一人臣下に嫁ぐ

藤原尊子

ふじわらの・たかこ（そんし）

生年不詳〜応徳2（1085）年

藤原道長《みちなが》の娘。母は源明子《みなもとのあきらけいこ》。隆子《たかこ》の名で記す史料も多い。同母姉の寛《ひろ》子《こ》と同様、記録が少なく、生年や幼少時は、はっきりしない。

尊子の場合、姉たちのように后候補の前段階として女官に任じられることはなかったようだ。一方で正妻倫子《みちこ》の子や孫は裳着《もぎ》もしないまま任官しており、批判を受けた。明らかな身分差別を、本人はどう受け取っていたのだろうか。

万寿《まんじゅ》元（1024）年、尊子は源師房《もろふさ》と結婚する。師房は村上《むらかみ》天皇の孫にあたるが、すでに皇籍を離脱（臣《しん》籍降《せきこう》下《か》という）しており、尊子は姉妹で唯一皇族以外の貴族と結婚したことになる。しかし尊子は子宝に恵まれ、三男四女をもうけた。そして長女が頼通の息子と結婚するなど、摂関《せっかん》家を支える存在となるのは皮肉であった。

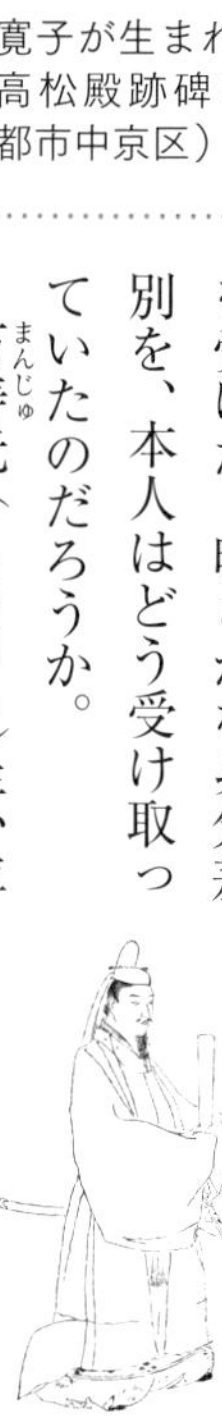

尊子の夫源師房（『前賢故実』より。国立国会図書館蔵）

平安京豆知識⑤

平安京は今でも首都？

京都から江戸に移る天皇一行の行列を描く『東京府御東幸行烈図』（東京都江戸東京博物館蔵）

日本史上、首都＝都は現在の東京を含めて63カ所あるとされている。そのなかでも都としての最長記録を持つのが平安京だ。源頼朝以降、武家政権の時代になり、その政庁は鎌倉・室町（京都）・江戸にそれぞれ置かれたが、天皇と朝廷が京都から動くことはなかった。明治維新の際、慶応《けいおう》4（1868）年7月17日に江戸が東京に改称され、同年9月には元号が明治に改暦。同年10月13日に天皇が東京に入り、明治2（1869）年に政府機関が京都から東京に移されたことで、首都が東京に遷《うつ》されたとされている。

しかし、このとき東京を京都に代わる首都にするという「遷都《せんと》宣言」は出されていない。古来、都を遷すときには天皇が遷都宣言を出すのが習わしとなっていた。したがって、東京遷都はなされておらず、あくまでも新しい都をもう一つ造って天皇が移った「奠都《てんと》」にすぎないと主張する人もいる。もちろん皇居だけでなく国会や政府機関の大半は東京にあるわけで、首都が東京であるのは動かしがたい事実だが、「今でも都は京都」と主張するのは、歴史と文化の息づく古都を愛する京都人のプライドなのだろう。

徳川幕府の江戸城に移された現在の皇居（東京都千代田区）

第5部

平安時代の名プレーヤー

『春日権現験記』（国立国会図書館蔵）

最澄《さいちょう》

天平神護2（766）年?～弘仁13（822）年

天台宗の開祖で、比叡山延暦寺《ひえいざんえんりゃくじ》（大津市）の開山（寺を興した人物）として知られる。桓武天皇の庇護を受け、空海《くうかい》と同時期に活躍した。

出身は近江《おうみ》国滋賀郡古市郷《ふるちごう》（大津市）で、俗姓を三津首広野《みつのおびとひろの》という。その名から、先祖は百済《くだら》系の渡来人とされている。父は熱心な仏教徒で、自宅を寺としたため、最澄は幼いころから僧侶を志した。

15歳で出家後は近江国分寺《こくぶんじ》（大津市）の僧となり、20歳になると東大寺（奈良市）で受戒《じゅかい》した。受戒とは、真の仏教徒であることを権威から認められ、仏教の戒律を授けられることを指す。

そして比叡山に入り、一乗思想に目覚めた。これは「真の教えはひとつであり、すべての人は仏の前に平等で、だれもが悟りに到達することができる」というものだった。若くして高位の仏僧となった最澄は、延暦16（７９７）年には天皇の仏教的な守護者である内供奉十禅師《ないぐぶじゅうぜんじ》の1人（定員10名）に任じられた。時の桓武《かんむ》天皇の最澄への信頼は厚く、やがて唐へ渡る還学生（期限付きの留学生）の1人として遣唐使《けんとうし》の一員となった。このとき、空海も同じく遣唐使船で渡海している。

延暦23（８０４）年夏、最澄は唐へと渡り、天台山《てんだいさん》（浙江《せっこう》省天台県）に入った。そして1年の修行ののち、多数の仏教書とともに帰国。最澄が持ち帰った天台宗はさっそく桓武天皇により公認された。

しかし延暦25年、桓武天皇が崩御し、最澄は最大の後ろ盾を失った。信徒には法相《ほっそう》宗など奈良仏教へ回帰する者も多く、さらに空海とは仏典の貸与などをめぐって確執が生じており、最澄は苦境に立たされた。

また最澄は、それまで奈良東大寺など全国に3つしかなかった戒壇《かいだん》（戒律《かいりつ》を授ける場のこと）を比叡山にも認めてもらうよう働きかけ続けた。そしてその死の直後、ようやくそれが認められた。

最澄(延暦寺。大津市)

TOPICS

日本を代表する仏教の聖地・比叡山

若き最澄は、故郷にも近い比叡山にのぼり、一《いち》乗《じょう》止《し》観院《かんいん》という草庵を結んで修行に集中した。これがのちの延暦寺である。桓武天皇など平安時代初期の歴代天皇が天台宗を庇護したこともあり、比叡山は京都の公家にとっても特別な寺院となり、延暦寺の長である座主は有力公家や皇族の子弟が務めることも多かった。

天台宗ってどんな宗派?

天台宗とは、簡単にいえば法華経《ほけきょう》という経典を中心とする総合的な宗派で、禅や密教の要素(台密《たいみつ》と呼ばれる)も含まれる。その幅広い特色もあり、鎌倉時代になると比叡山で学んだ僧から臨済《りんざい》宗の栄西《ようさい》や曹洞《そうとう》宗の道元《どうげん》、浄土《じょうど》宗の法然《ほうねん》や浄土真宗の親鸞《しんらん》といった鎌倉新仏教の開祖たちが輩出されることになる。

COLUMN

空海との関係が途絶えた経緯

最澄の唐への留学は、もともと期限付きであったため、わずか1年では限界があった。より長く唐に滞在し、より深く密教を学んだ空海とは大きな差があった。

そのため最澄は、空海が持ち帰った経典を貸し出してもらえるよう依頼する。空海はこれを承諾し、最澄の弟子も高野山に受け入れた。

また空海は、戒律《かいりつ》を授ける資格も得ていたため、最澄は金剛界灌頂《こんごうかいかんじょう》と胎蔵《たいぞう》界灌頂という密教の資格を空海から授かった。しかし、肝心の伝法《でんぽう》灌頂(密教指導者の資格に必須の法)を得るには3年の修行が必要と聞き、最澄はこれを断念する。しかし仏典の貸与は空海に依頼し続けた。

空海は、最澄が経典ばかりを重視し、密教に大事な実践をおろそかにしていると感じ、その学ぶ姿勢に疑問を抱く。ついには天台教学を批判するまでになり、両者は決別した。

平安新仏教の二大巨頭の1人

空海

くうかい

宝亀5（774）年?～承和2（835）年

日本に本格的な密教をもたらし、高野山《こうやさん》を開いて真言《しんごん》宗の祖となった高僧。弘法大師《こうぼうだいし》という名（諡号《しごう》）でも知られ、全国各地に伝説的な逸話を数多く残している。

空海は讃岐《さぬき》国多度《たど》郡（善通寺《ぜんつうじ》市）の小豪族・佐伯田公《さえきのたぎみ》の子として生まれた。名は真魚《まお》という。15歳で母方のおじ・阿刀大足《あとのおおたり》を頼って上京し、大学の学生となった。しかし、いつしか仏法に魅せられ、仏教の道に専念することとなる。

延暦《えんりゃく》23（８０４）年には唐《とう》への留学が認められ、同年に東大寺で具足《ぐそく》戒《かい》（国家公認の僧として認められること）を得た。そして最澄らとともに遣唐使に加わり、唐へと渡った。このとき無名だった空海が選ばれた理由は、語学や医薬の豊富な知識、出身氏族の経済力など諸説ある。

空海は苦難のすえに福州《ふくしゅう》（福建《ふっけん》省）に到着し、長安《ちょうあん》の青竜寺《せいりゅうじ》（陝西《せんせい》省）に入って恵果《けいか》という高僧に師事する。恵果は中国の密教をリードする人物で、空海の能力を見込んで胎《たい》蔵《ぞう》界法と金剛界《こんごうかい》法という密教の二大修法《しゅほう》（修行の方法）を授けた。

ごく短い期間でこれらを得た空海は、恵果の遺言もあり早期に帰国する。期限を設けない留学僧のはずの空海が、わずか2年足らずで帰国したためか、しばらくは筑紫《つくし》国（福岡県西部）に留め置かれた。やがて許されて平安京に入ると、空海がもたらした密教は国家守護の法として絶大な支持を得て、空海は並ぶもののない名声を得た。

その後は嵯峨《さが》天皇の信任を得て、高野山（和歌山県伊都郡）に道場（金《こん》剛峯寺《ごうぶじ》）を開く許可を得た。以後、高野山は長い年月をかけて密教都市として発展していく。

弘仁《こうにん》14（８２３）年には平安京南端の東寺《とうじ》（教王護国寺《きょうおうごこくじ》）を賜り、4年後には大僧都《だいそうず》という高位を得ている。その後体調を崩しながらも真言宗の発展のために尽くし、承和《じょうわ》2（８３５）年に没した。

TOPICS

密教ってなに？

密教とは、大日如来《だいにちにょらい》という仏を信奉し、ある種のまじないを認める仏教の一大派閥のこと。「言葉そのものに真実がある」とする「真言《しんごん》」が重視され、これを唱えることで大日如来などの仏に近づくことができるとする。そのため、多くは加持祈禱《かじきとう》を重んじる。この真言の世界観を表した図を曼荼羅《まんだら》という。

現在も「生きている」空海

空海の死について、真言宗では「入定《にゅうじょう》」と呼んでいる。同じく仏教用語で入滅《にゅうめつ》とも称されるが、いずれも無我の境地に至ることを指し、とくに真言密教では必ずしも肉体的な死を意味しない。そのため、高野山では空海が奥之院《おくのいん》にいるとして、現在も空海のために毎日の食事や衣服が用意されている。

空海（真言八祖像のうち。 奈良国立博物館蔵、ColBase）

COLUMN

全国各地に残る空海伝説

現在も高野山で生きている空海は、真言宗という神秘的な宗派を日本に持ち込んだためか、本人も神秘的な伝説で彩られている。その代表的なものをあげてみよう。

まず、「お遍路さん」でよく知られている四国八十八カ所めぐりが、もともとは空海がめぐったとされる四国の霊場と同じコースをたどるものであることは有名だろう。

また、全国各地に残る伝説は、地下水脈にまつわるものが多い。旅の途中で立ち寄った空海が、手にした独鈷杵《とっこしょ》（密教の法具のひとつ）で地面をついたら水（温泉）が湧き出た、といったもので、猪苗代《いなわしろ》湖（福島県）や修善寺《しゅぜんじ》（静岡県）の伝説がそれにあたる。また、岩や石に腰かけた跡が残された、といったものも多い。

その範囲は岩手県から鹿児島県にまで広がっており、いかに民衆に人気があったかがうかがえる。

最澄と教義バトルを繰り広げる

徳一《とくいつ》

天平宝字4（760）年？～承和7（840）年？

南都興福寺《こうふくじ》（奈良市）出身の僧。陸奥国（東北地方東部）など東国の各地で仏教を広め、平安京で台頭した最澄《さいちょう》と激しい論戦を繰り広げた「三一権実論争」で知られている。

生没年や血筋ははっきりしないが、奈良時代後期に反乱を起こした藤原仲麻呂《ふじわらのなかまろ》の子とする史料もある。早くから奈良で仏教を学んで、20歳ごろ東国へと下った。その理由は明らかでないが、その後、東国に徳一が開いたり活動の拠点とした寺は、150を超えるという。

会津の慧日寺《えにちじ》（福島県磐梯町《ばんだいまち》）を拠点として名声を得ていた徳一のもとに、空海は弟子を派遣し、真言宗を広めてもらうよう依頼している。これに対し徳一は、真言教学の11におよぶ疑問点をまとめて（『真言宗未決文』）、空海に送っている。

弘仁《こうにん》8（817）年ごろからは、天台宗の最澄と著書を通じて論争を繰り広げることになる。これは徳一らが説く三乗と、最澄らが説く一乗は、どちらが権（真実を理解させるための方便）か実（真実の考え）か、を問うものであった。

激しい言葉の応酬で論戦は進むが、最澄が没して収束した。

徳一（木造徳一菩薩坐像、勝常寺蔵。湯川村提供）

COLUMN

一乗、三乗とは？

一乗は、真の教えはひとつであり、誰もが悟りを得られるとする考え方で、とくに天台宗や華厳宗で重視された。対して三乗は、大乗・小乗の区別を重視し、立場などによって悟りへの道筋は違う、と説いた。ようするに一乗は人を選ばず、三乗は人を選ぶ、ということであり、奈良の南都仏教と平安新仏教の違いを如実に示している。

天台宗の確立に尽力した最澄の愛弟子

円仁《えんにん》

延暦13（794）年～
貞観6（864）年

円仁（慈覚大師円仁之像。栃木市。栃木市観光協会提供）

最澄の高弟の1人で、延暦寺《えんりゃくじ》の第三世座主《ざす》（住職）となり、日本の天《てん》台《だい》宗の教学（宗派の考え方）を確立した。

下野国《しもつけ》（栃木県）に生まれた円仁は、幼いときに仏道に入り、15歳で比叡山《ひえいざん》延暦寺に入り、最澄の弟子となった。

最澄は天台宗を日本にもたらしたが、当時唐《とう》で流行していた密教の取り込みについては志半ばで死去してしまった。そのため円仁らは、天台密教（台密《たいみつ》）の確立をめざし、承和《じょうわ》5（838）年に遣唐使の一員として唐に渡った。

だが、短期留学生の円仁は、天台山（浙江《せっこう》省天台県）で学ぶことを唐朝に認められなかった。円仁は遣唐使一行と別行動をとり、新羅《しらぎ》人などの人脈を頼りながら密教を学び、大量の経典や仏具を得て、新羅人の船に同乗して帰国した。

円仁は、このおよそ10年にわたる唐での記録を『入唐《にっとう》求《ぐ》法巡礼行《ほうじゅんれいこう》記《き》』という記録にまとめた。これは当時の東アジアを知る非常に貴重な史料となっている。

その後は天台座主に任じられ、宗派全体をまとめあげるとともに、仏の教えはすべて密教であるとする「一大円教論《いちだいえんぎょうろん》」を展開した。

COLUMN

朝鮮半島のネットワーク

円仁が渡海した当時の唐は、すでに斜陽にあり、治安も悪く、留学は前途多難であった。円仁は天台山に並ぶ中国仏教の聖地・五台山（山西省《さんせい》忻州《きんしゅう》市）で学ぶことになるが、これを支えたのが在唐の新羅人たちの人脈であった。円仁らは帰りも金珍《きんちん》という新羅人商人の船で帰国し、朝廷は多額の報酬で金珍らの働きに報いた。

円珍《えんちん》

園城寺を得て寺門派の祖となる

弘仁5（814）年～寛平3（891）年

円珍（『日本民族雄飛五大洲』より。国立国会図書館蔵）

最澄の高弟・義真《ぎしん》の弟子で、延暦《えんりゃく》寺《じ》の第五世座主《ざす》となり、多くの著作を残した天台宗の高僧。

出身は讃岐《さぬき》国（香川県）で、母は空海の姪にあたる。15歳で比叡山に入り、座主の義真に師事した。若くして法華経をはじめとする数々の経典を授けられ、頭角を現す。20歳から15年にわたって山籠もりをして修行を続け、延暦寺の学頭《がくとう》（教育担当のトップ）に任じられ、続いて天皇の安全を祈願する内供奉十禅師《ないぐぶじゅうぜんじ》に任じられた。

さらなる天台宗発展のため、円珍は新羅《しらぎ》の商船に同乗して渡海し、天台山（浙江《せっこう》省天台県）に入って天台宗の修行を深めるとともに、真言密教を学ぶなど幅広い知識を得た。

再び商船で帰国すると、延暦寺座主となり、園城寺《おんじょうじ》（大津市）を賜ると、大量の経典をそこに納めたという。また陽成《ようぜい》天皇の即位時に般若《はんにゃ》経《きょう》を講じるなど、歴代天皇の信任を得て名声を博した。以後園城寺は、天台宗の別院として隆盛を誇り、円珍の系統が別当《べっとう》となって延暦寺に並ぶ流派・寺門《じもん》派を形成することとなる。

COLUMN

山門派と寺門派の仁義なき戦い

円珍が天台座主になって以後、しばらくは寺門派の僧がそれを引き継いだ。円珍は密教（台密）を重視したため、それも引き継がれたが、康保3（966）年に山門《さんもん》派（円仁《えんにん》以後の延暦寺を指す）の良源《りょうげん》が座主になると、教義の解釈などをめぐって山門派と寺門派の対立が表面化。以後、両者の争いは武力衝突にまで発展した。

圧倒的な経済力を誇った郡司

壬生福正

みぶの・ふくしょう

生没年不詳

　武蔵《むさし》国男衾《おぶすま》郡（埼玉県中北部）の郡司《ぐんじ》。正式には壬生吉志《きし》福正という。郡司とは、地方長官の国司《こくし》から郡の行政を委託された在地人で、基本は終身制だが一族が代々引き継いだ。当時、壬生部《みぶべ》（乳部《みぶべ》とも）という皇子の養育費のために全国に置かれた部民《べみん》がいて、福正の先祖もそのために中央から派遣されたらしい。吉志は姓《かばね》のひとつで、朝鮮半島出身者に与えられたもの。

壬生福正が七重塔の再建を申し出た武蔵国分寺跡（国分寺市）

　平安時代の郡司は、地方（郡）の行政と軍事警察を同時に担う実質的な支配者であり、福正は大変な財力を有していた。承和《じょうわ》８（８４１）年には、「息子２人の生涯分の租税をいまのうちに支払いたい」と申し出ている。また承和12年には、焼失した武蔵国分寺《こくぶんじ》（東京都国分寺市）の七重塔の再建を申し出て許可されている。

「徳政相論」で有名な文官

菅野真道

すがのの・まみち

天平13（741）年～弘仁5（814）年

　平安時代前期に活躍した公卿《くぎょう》。菅野氏は百済《くだら》の王族につながる家系という。

　最初は武官として経歴を重ね、次第に文官として頭角を現し、皇太子の教育係（東宮学士《とうぐうがくし》）も務めている。このとき同時に図書頭《ずしょのかみ》も兼ねており、これは経典や公文書の管理、国史の編さんなどを担当する図書寮《ずしょりょう》の長官を指す。当時を知る一級の史料として有名な『続日本紀《しょくにほんぎ》』の編さんは、真道の大きな仕事のひとつであった。

　また当時、東北地方の遠征と平安京造営が国家財政を圧迫していた。時の桓武《かんむ》天皇は、それを継続するか否か、真道と藤原《ふじわらの》緒継《おつぐ》に諮問する。真道は継続を、緒継は中止を主張し、論争を繰り広げるが、桓武帝は中止を決定した。この論争は「徳政相論《とくせいそうろん》」という名で知られている。

菅野真道（菊池容斎筆『前賢故実』より。国立国会図書館蔵）

政治抗争に翻弄された文官

橘広相

たちばなの・ひろみ

承和4（837）年〜
寛平2（890）年

平安前期の文官。皇太子の教育係などを歴任し、光《こう》孝《こう》・宇多《うだ》天皇の側近となった。「阿衡《あこう》事件」という政治抗争の当事者として知られている。

仁和《にんな》3（887）年、宇多天皇が即位した際、広相は藤《ふじ》原基経《わらのもとつね》にその補佐役（関白）を命じる勅書を起草した。その文面中で、広相がその職を中国の同様の職である「阿衡」と表現したことが問題となる。阿衡は形だけの職であり、基経を愚弄する内容であると、基経ならびに広相の競合相手である藤原佐世《すけよ》がクレームをつけたのだ。

基経はこれに便乗して職務を放棄。政治が滞ったため、宇多天皇が勅書を書き直すという前代未聞の事態となる。広相は遠流《おんる》の危機にさらされるが、菅原道真《すがわらのみちざね》が広相を擁護する書面を提出、さらに基経が一歩引いたため、なんとか事もなく収まった。

橘広相（『前賢故実』より。国立国会図書館蔵）

「応天門の変」で失脚した公卿

伴善男

ともの・よしお

弘仁2（811）年〜
貞観10（868）年

平安前期の公卿《くぎょう》。伴大納《ばんだいな》言《ごん》の通称で知られる。伴氏は、もとは大伴《おおとも》氏といい、歌人としても有名な大伴家持《やかもち》は遠い親戚にあたるという。

仁明《にんみょう》天皇の側近となり、順調に出世を重ねて大納言にまで登りつめた。衰退中の伴氏を復権させようと活発な政治活動を展開するが、時の権力者・藤原良房《ふじわらのよしふさ》とは良好な関係を保っていた。

貞観《じょうがん》8（866）年、大内《だいだい》裏《り》の入り口に近い応天門《おうてんもん》が炎上するという事件が勃発する。善男は、政敵の源《みなもとの》信《まこと》が犯人だとして告発する。しかしこれは認められず、逆に善男が犯人として告発される。善男は身の潔白を主張するも認められず、流罪とされた。古くから藤原良房がその黒幕とされてきたが、もともと両者の関係はよく、源信は共通の政敵であったといい、真相は謎に包まれている。

伴善男とおぼしき人物（『伴大納言絵詞』より。国立国会図書館蔵）

死後に神様となった不運の文官

菅原道真

すがわらの・みちざね

承和12（845）年～
延喜3（903）年

菅原道真（「束帯天神像」部分。九州国立博物館蔵、ColBase）

平安時代前期を代表する文官。18歳で文章生《もんじょうしょう》（歴史学の学生）となり、元慶《がんぎょう》元（877）年には父と同じ文章博士（漢文学や歴史学の教官）となった。道真は、公的な場で漢詩を詠むことを職とする「詩臣《ししん》」を目指した。

仁和《にんな》2（886）年には讃岐守《さぬきのかみ》に任じられ、讃岐国（香川県）に赴く。4年後、任期を終えた道真は京へ帰り、翌年には宇多《うだ》天皇の蔵人頭《くろうどのとう》（秘書官筆頭）に抜てきされた。宇多帝は道真の才能を高く評価しており、その後も順調に出世、ついには右大臣《うだいじん》にまで上りつめた。

宇多帝の子で後継者となった醍醐《だいご》天皇もまた、父の命を守り、道真を重用した。藤原基経《ふじわらのもとつね》の子・時平《ときひら》も道真と同様に昇進を続け、左大臣となって道真と並び立った。しかし、学者から大臣へ異例の昇進を果たした道真をねたむ者は多く、昌泰《しょうたい》4（901）年、突如として大宰権帥《だざいごんのそち》（九州を統括する帥《そち》の次官）に左遷される。時平の中傷が原因と長年いわれてきたが、当時2人は対立関係になかったといい、その説は近年疑問視されている。道真は、大宰府《だざいふ》に赴いて2年後、同地で失意のうちに死去した。

COLUMN

朝廷を揺るがせた道真の怨念

道真の死から20年後、醍醐帝の子・保明《やすあきら》親王が早逝する。帝は道真の怨霊の仕業だと信じ、その名誉を回復した。しかしその後も夭折する者が続出、さらに内裏に落雷があり公卿《くぎょう》数名が焼死する。醍醐帝は恐怖のためか体調を崩し、崩御した。そのため道真は神として祀られ、やがて学問の神として尊敬を集めることとなる。

謀反を起こしたたり神となった武人

平将門

たいらの・まさかど

生年不詳～天慶3（940）年

平将門（月岡芳年「芳年武者无類 相模次郎平将門」より。国立国会図書館蔵）

平安中期を代表する武家平氏《へいし》の代表格であり、日本史上最大級の謀反《むほん》人《にん》として知られている。

将門は若いころに上洛したが出世はかなわず、地元の下総国《しもうさ》猿島《さしま》郡（茨城県坂東《ばんどう》市など）に帰った。承《じょう》平《へい》元（931）年には伯父の平良兼《よしかね》と対立、やがて良兼の兄国香《くにか》らを交えた騒乱に発展する。

そんななか、皇族で武蔵権守《むさしごんのかみ》（仮の長官）の興世王《おきよおう》が、同地の地方官源経基《みなもとのつねもと》らと対立。将門は調停に入った。しかしこれは失敗し、経基は将門の謀反と訴える。これはなんとか事なきを得るが、同年中に今度は常陸《ひたち》国（茨城県）で地方官と地元の有力者の争いを調停するために現地入りし、国府《こくふ》（地方庁）を焼き払い、国司《こくし》を追い払った。

将門は関東の長であることを示す印を奪い、あらたな国司を自分が任じた。天慶《てんぎょう》3（940）年、中央政府は藤原秀郷《ふじわらのひでさと》を中心とする追討軍を派遣。将門は敗れ、その首は都に送られて晒《さら》された。

将門が反乱を起こした理由について、これまでは関東の民衆のため、義侠心のためなどとされてきたが、近年は疑問視される事柄も多く、再検討が必要とされている。

COLUMN

今に伝わる将門伝説

将門は、関東にはびこる悪徳官僚を追放したヒーローとして、すぐに民衆の人気を得た。とくに関東では、各地で祭神として祀られるなど神聖視されてきた。また、京で斬られた首が関東に飛来し、落ちた場所とされるのが将門の首塚《くびつか》（東京都千代田区）である。将門はたたり神であると同時に、関東の守護神となったのだった。

大海賊の首領となった元貴族

藤原純友

ふじわらの・すみとも

生年不詳〜天慶4（941）年

藤原純友の乱を描く『楽音寺縁起』（模本。東京国立博物館蔵、ColBase）

平将門《たいらのまさかど》と同時期に反乱を起こした元地方官。この2人の反乱をあわせて承平《じょうへい》・天慶《てんぎょう》の乱と呼ぶが、近年では純友の活動時期も天慶年間に寄っているため、「天慶の乱」と呼ぶことも多い。

純友の父は大宰少弐《だざいしょうに》（大宰府《だざいふ》の次官）とされるが、伊予《いよ》国（愛媛県）の国司《こくし》（長官）とも伝わる。いずれにしても当時権勢を誇った藤原北家《ほっけ》の本流に近い家系で、純友は伊予掾《いよのじょう》（三番手の官僚）として海賊を取り締まる側であった。

時期は不明ながら、純友は瀬戸内海の海賊をまとめる立場となり、いつしか豊後《ぶんご》水道の日振島《ひぶりしま》（愛媛県宇和島市）を拠点とする大海賊の首領となっていた（時期は諸説あり）。そして承平6（936）年、純友は伊予守の紀淑人《きのよしと》という官人に投降したとされる。しかし3年後、純友の軍勢は摂津《せっつ》国（大阪府中北部など）で役人を襲撃する。

朝廷は純友に位階をあたえて懐柔しようとすると同時に、小野好古《おののよしふる》や源経基《みなもとのつねもと》らによる追討軍を派遣した。純友とその軍勢は西に逃れ、大宰府（太宰府市）を襲撃する。しかし追討軍に敗れ、伊予国に逃れたところで討たれた。

COLUMN

純友と将門は共謀したのか？

かつては、藤原純友と平将門が都から比《ひ》叡山《えいざん》に上り、そこで共謀して反乱を起こした、という話が信じられてきたが、その時期に2人が都にいたという事実はないという。ただ、共謀を疑った貴族が多かったのは事実のようだ。都の貴族たちは源経基らの軍事貴族にその鎮圧を託し、やがて彼らは武士として台頭する。

軍事貴族の代表格となった豪族

藤原秀郷

ふじわらの・ひでさと

生没年不詳

藤原秀郷（「新形三十六怪撰 藤原秀郷竜宮城蜈蚣を射るの図」より。国立国会図書館蔵）

藤原北家《ほっけ》の血を引く下野国《しもつけ》（栃木県）の豪族。平将門《たいらのまさかど》の乱を鎮圧した人物として知られる。

平安時代当時の関東地方は、徒党を組んだ賊が横行し、地方官が地元の土豪と武力衝突におよぶ事態が頻《ひん》発《ぱつ》するなど、争いの種が絶えなかった。同時に、統率力にすぐれた軍事貴族が土着しており、中央政府はそうした貴族に押領使《おうりょうし》などの役職を与え、治安維持をゆだねた。

ただ、秀郷は延喜《えんぎ》16（916）年に一族もろとも配流（流罪）の処分を受け、2年後には「乱行」により下野国府から糾弾されている。一筋縄ではいかない存在であったことがうかがえる。

平将門の乱ぼっ発後の天慶《てんぎょう》3（940）年、秀郷は平貞盛《さだもり》らとともに将門追討に乗り出した。秀郷は優れた統率力を発揮し、乱の鎮圧後には従四位《じゅしい》下《げ》下野守《しもつけのかみ》・武蔵《むさし》守などに任じられ、貞盛などと同様に軍事貴族として著しく台頭した。

その後、秀郷の子・千晴《ちはる》は疑獄事件に巻き込まれて中央政府から退くが、子孫たちは北関東や東北地方に散らばり、結城氏や足利氏など、後の有力武家として発展していくことになる。

COLUMN

もうひとつの秀郷の顔・俵藤太

「あの平将門を討った人物」である秀郷は、伝説的な豪傑として後世に語り継がれた。『俵藤太物語《たわらとうだものがたり》』という御伽草子《おとぎぞうし》がそれで、多くのバリエーションが生まれている。共通する内容は、俵藤太（後世に名付けられた秀郷の別名）が琵琶湖の竜女の依頼により、三上山《みかみやま》（野洲《やす》市）の巨大ムカデを退治する、というものだ。

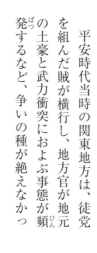

数々の伝説にいろどられた陰陽師

安倍晴明

あべの・せいめい

延喜21（921）年〜寛弘2（1005）年

平安中期の陰陽師《おんみょうじ》。中国の陰陽《いんよう》思想をもとに日本独自の陰陽道《おんみょうどう》を確立した。また人知を超えたエピソードの数々が説話集『今昔物語《こんじゃくものがたり》』などに残されている。

安倍晴明（「不動利益縁起絵巻」模本。東京国立博物館蔵、ColBase）

晴明の出自は諸説あり、いずれにしても歴代続く名家ではないとされる。生誕地や若いころの経歴も不明だが、官歴は近年になりはっきりしてきた。

晴明の史料上の初出は天徳《てんとく》4（960）年の「天文得業生《とくごうしょう》」（当時40歳）という。これは陰陽寮《おんみょうりょう》（暦などを担当する省庁）のなかで天文気象学を担当する天文博士《はかせ》の教え子（10名）のうち、特に優秀な者を指す。その翌年に陰陽師となり、10年後には天文博士に昇進、晩年には従四位下《じゅしいげ》まで出世した。晴明の才能を見いだしたのは師匠の賀茂保憲《かものやすのり》という人物で、晴明以後は暦《れき》博士を賀茂氏が、天文博士を安倍氏が代々世襲することになる。

晴明といえば式神《しきがみ》とよばれる謎の存在を使役する呪術師というイメージが強いが、これは平安後期成立の歴史物語『大鏡《おおかがみ》』などにすでに記されている。同時代を生きた公卿《くぎょう》たちも「不思議な術を使う祈禱《きとう》の天才」というイメージを抱いていたようだ。

COLUMN

『今昔物語集』に描かれた晴明

平安後期成立の説話集『今昔物語集』には、安倍晴明が何度か登場する。若きころに常人には見えない百鬼夜行《ひゃっきやぎょう》（夜に行進する妖怪たち）を見て師に認められたり、自身が得意とした泰山府君《たいざんふくん》という道《どう》教の神（仏教では閻魔《えんま》）に祈る儀式を行ったり、老僧と式神を使って暗闘を繰り広げたりと、とにかく大活躍する内容だ。

陰陽師の立場を確立した晴明の子

安倍吉平

あべの・よしひら

天暦8（954）年～万寿3（1026）年

安倍晴明《せいめい》の長子（諸説あり）で、その跡を継いで天《てん》文道《もんどう》（気象異常から変異を知る技術）を修めた。

父の出世に合わせて吉平も順調に昇進を重ね、正《しょう》暦《りゃく》2（991）年には陰陽《おんみょう》博士《はかせ》となる。同時に主計頭《かずえのかみ》（財政担当大臣）や備中介《びっちゅうのすけ》（国司《こくし》の二番手）なども務めている。

当時、宮廷では藤原道長《ふじわらのみちなが》が台頭していたが、吉平は父とともに道長や歴代天皇に重用された。父亡きあとも唯一無二の陰陽道《おんみょうどう》（特に天文道）の専門家として君臨し、治安《じあん》元（1021）年には父の位階を超えて従四《じゅし》位上《いのじょう》まで進んでいる。異例の昇進もあり、安倍家（後の土御門《つちみかど》家）の地位を確立した人物といえる。

寛仁《かんにん》3（1019）年には、ほかに代わる者がいないとして天文密奏《てんもんみっそう》（天変地異の占い結果を密封して天皇に捧げること）の宣旨を受けた。

安倍家の邸宅跡に立つ晴明神社（京都市上京区）

宋の皇帝に謁見した東大寺の僧

奝然

ちょうねん

天慶元（938）年～長和5（1016）年

平安中期に活躍した東大《とうだい》寺《じ》出身の僧。祖先は秦《はた》氏という渡来人の系統（藤原氏とする説もあり）。三論《さんろん》宗（奈良仏教の一宗派）や密教を学び、永観《えいかん》元（983）年に弟子をともない、大陸の海商の船で宋へ渡り、翌年には首都汴京《べんきょう》（河南省開封市）に入った。

奝然は、宋《そう》の正式な許諾を得て仏教の聖地・五台山《ごだいさん》（山西《さんせい》省）などで修行し、日本の僧としてははじめて二代皇帝太宗《たいそう》に謁見。大量の経典などとともに法済大師《ほうさいだいし》の号を授けられた。

この好待遇は、当時日本と宋は国交がなかったため、日本に朝貢《ちょうこう》を促す意図があったのでは、などといわれている。しかしその後も日本から朝貢の使者が宋へ派遣されることはなかった。奝然の入宋の意義は、国家外交と仏僧の私的交流を完全に分けたという点にも見いだせる。

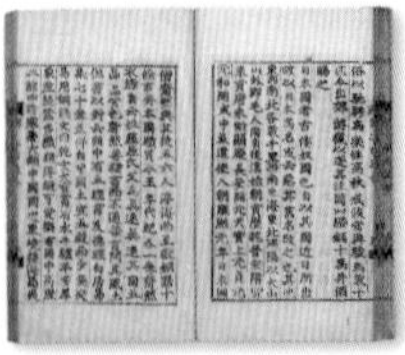

奝然の太宗謁見を記す『宋史』巻491「日本伝」（国立公文書館蔵）

霊験あらたかな伝説的高僧

良源《りょうげん》

延喜12（912）年～永観3（985）年

平安中期の天台《てんだい》宗の僧。幼いころから天才と称され、少年期に比叡山《ひえいざん》にのぼって学び、延長《えんちょう》6（928）年に出家《しゅっけ》。天台教学に加えて密教も学び、名声を高めた。奈良の学僧と成仏《じょうぶつ》の資格について論争し、勝利した「応《おう》和《わ》の宗論《しゅうろん》」でも知られる。

火災などで廃れていた比叡山の横川《よかわ》を復興し、康保《こうほう》3（966）年には天台座主《ざす》となり、藤原忠平《ふじわらのただひら》とその子・師輔《もろすけ》の庇護を受け、僧《そう》綱《ごう》（僧の位のこと）の最上位である大僧正《だいそうじょう》にまで上りつめた。念仏や祈禱《きとう》によって来世での安寧を約束する「現世利益《げんせりやく》」の考えが、良源らによって公卿《くぎょう》や皇族にまで広まった。

その死後すぐに伝説化が進み、後の鎌倉時代には良源の肖像が魔除けの護符とされるなど、一般大衆にも分かりやすい聖人としてあがめられた。

良源（元三大師）と角大師（『天明改正 元三大師御鬮繪抄』より。国立国会図書館蔵）

極楽往生を説く『往生要集』の著者

源信《げんしん》

天慶5（942）年～寛仁元（1017）年

平安中期～後期の天台宗の僧。卜占《ぼくせん》（占い）を専門とする卜部《うらべ》氏の子として大和《やまと》国（奈良県）に生まれた。幼くして父と死別し、比叡山《ひえいざん》に登って良源《りょうげん》に師事する。横川《よかわ》の恵心《えしん》院を拠点として修行を積んだため、横川僧都《よかわのそうず》、恵心僧都とも呼ばれる。

寛和《かんな》元（985）年には、代表作となる『往生要集《おうじょうようしゅう》』を記した。人は穢土《えど》（穢れたこの世）を厭離《おんり》（嫌って離れること）して阿弥陀仏《あみだぶつ》に念仏をささげ、極楽浄《ごくらくじょう》土《ど》に往生《おうじょう》（生まれ変わること）することで悟りに近づくことができる、とする浄土信仰は、この本により爆発的に広まった。のちに徳《とく》川家康《がわいえやす》が自身の旗印に記した「厭離穢土」は、ここからきている。良源や源信が説いた浄土信仰は、極楽往生を追求する浄土教（浄土宗、浄土真《しん》宗、時《じ》宗など）へと発展していった。

源信（『肖像集』より。国立国会図書館蔵）

『枕草子』で知られる希代の女性随筆家

清少納言《せいしょうなごん》

生没年不詳

平安時代中期の歌人、随筆家。生年は康保《こうほう》3（966）年ごろとされる。父は三十六歌仙の1人にも数えられる歌人で中級貴族の清原元輔《きよはらのもとすけ》。通称の清少納言の「清」はそこからきているが、少納言の由来ははっきりしない。

天延《てんえん》2（974）年、元輔が67歳という高齢で周防守《すおうのかみ》（山口県中南部の知事相当）に任じられると、少女の清少納言もこれに従った。当時から歌が好きで、華やかな宮中の女性たちに憧れを抱いていた。

天元《てんげん》4（981）年ごろ、橘則《たちばなののり》光《みつ》という中級貴族と結婚し、則長《のりなが》という息子をもうけた。父の元輔は永《えい》祚《そ》2（990）年に任地の肥後国《ひご》（熊本県）で他界し、清少納言はそのころから一条《いちじょう》天皇の中宮定子《ちゅうぐうさだこ》の女房《にょうぼう》として出仕を開始する。そして天皇と中宮の若々しさと美しさに驚き、明るく気丈な定子の人柄に惹《ひ》かれていった。定子もまた、頭の回転が早く機知に富む清少納言がお気に入りとなった。

宮仕えのなかで藤原公任《ふじわらのきんとう》、藤原行《ゆき》成《なり》といった知識人たちと交流し、充実した日々を送っていた清少納言だが、中宮定子の父・藤原道隆《みちたか》の死や兄・伊周《これちか》の失脚により藤原道長《みちなが》が台頭し、定子の立ち位置は揺れ動いた。清少納言も道長に通じたと噂《うわさ》され、しばらく自邸に引きこもった。随筆『枕草子《まくらのそうし》』はそのころに完成している。

定子は一度出家するが、一条《いちじょう》帝のたっての願いにより宮中に復帰。清少納言もその女房として復帰する。しかし定子は3人目の子を産んですぐに亡くなった。清少納言はそれを機に宮仕えをやめたとされる。

一方、私生活では、橘則光との関係が長続きせず、時期は不明だが藤原棟世《むねよ》という貴族と2度目の結婚をしている。棟世との間には娘が生まれたが、時期などははっきりしない。晩年は月輪《つきのわ》（京都市東山区）に隠棲したとされるが、詳細は不明。

TOPICS

『枕草子』に「書かれなかった」内容

自分の身近な物事を豊かな感受性で描写した『枕草子』だが、まったく触れていない内容がある。中宮定子が産んだ敦康《あつやす》親王のことや、定子の死といった内容だ。清少納言は、藤原道長という人物への憧れは隠さなかったが、その台頭により定子の家系が没落していくのは、耐えられなかったのかもしれない。

定子の教養テストに見事合格

定子は詩歌に造詣が深く、女房たちに何度か教養テストを実施している。そのひとつが以下の有名な逸話だ。ある雪の日、定子が「少納言よ、香《こう》炉峰《ろほう》の雪は？」と問う。清少納言はこれが唐の白居易《はくきょい》の詩にちなむものとすぐに気づき、その詩にあるとおり、御簾《みす》をあげて定子に外を見せると、定子はほほ笑みで応えた。

清少納言（右。東京国立博物館蔵、ColBase）

COLUMN

紫式部の有名な「清少納言評」

清少納言が定子に仕えたのは正暦《しょうりゃく》元（990）〜4年ごろからで、定子の死後すぐに女房の職を辞したとすると長保《ちょうほう》2（1000）年までとなる。一方、紫式部が藤原彰子《あきこ》に仕えはじめたのは寛弘《かんこう》2（1005）年ごろからなので、2人に面識はない。ただ、女房として後輩の紫式部は、傑作随筆を残した清少納言という人物をよく知っていた節がある。

式部は、自著とされる『紫式部日記』で清少納言のことを「したり顔にいみじう侍《はべ》りける人」（得意そうな顔で我慢のならない人）で「偉そうに漢字をおおっぴらに書いているけど、よく見れば不十分な点が多い」と酷評した。これは、自分の夫・藤原宣孝《のぶたか》のことを批判的に書いたことへの意趣返しの意味もあったといわれるが、それだけ式部が『枕草子』をきちんと読み、ライバル心を燃やしていたということでもあるのだろう。

誰にとっても理想的な農業経営者

田中豊益

たなかの・とよます

（創作上の人物）

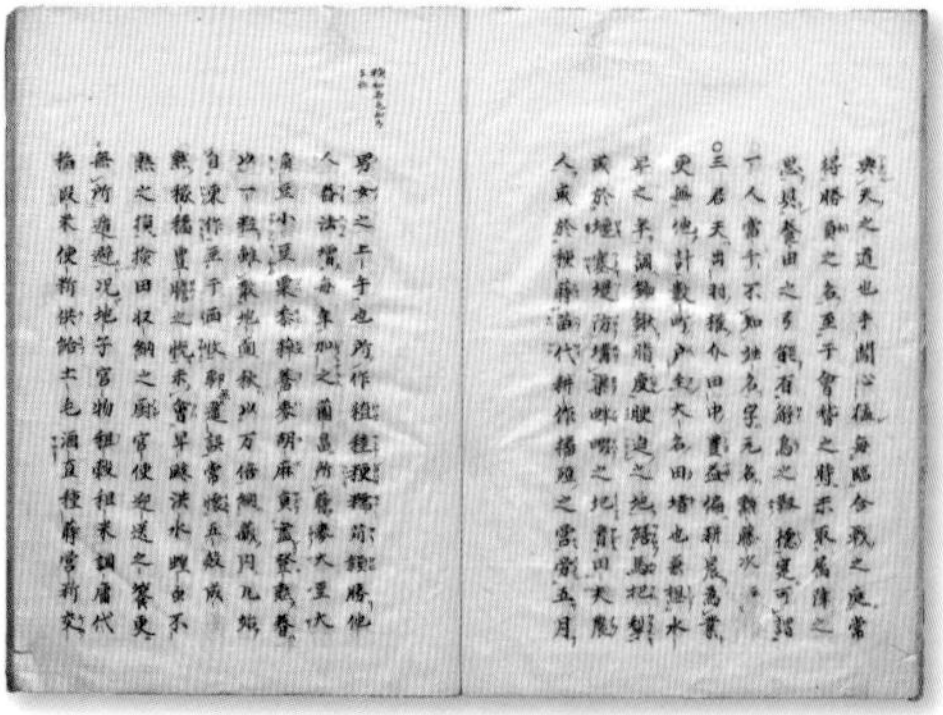

田中豊益について記した『新猿楽記』（国立公文書館蔵）

平安後期の文人・藤原明衡《ふじわらのあきひら》が書いた『新猿楽記《しんさるがくき》』という記録文学風の作品がある。猿楽とは、もとは散楽《さんがく》と呼ばれた中国渡来の雑芸《ぞうげい》の総称で、やがて猿楽と呼ばれ、さらに能狂言へ発展する。

平安後期に京の都でこの猿楽が流行したのだが、この書物では、芸人たちの芸や楽曲の上手下手などを批評したのち、観客の右衛門尉《うえもんのじょう》一家に視点を移し、33人いる一家の面々を1人ずつ紹介していく、という体をとる。そのなかには右衛門尉の3人の妻や9人の息子たち、娘とその夫などがおり、それぞれが職業を持っている。博打《ばくち》・武者《むしゃ》・相撲人《すまいびと》・医師・陰陽師《おんみょうじ》・遊女・絵師などなど、当時の代表的な職業が網羅されており、その詳しい内容を知ることができる。

田中豊益は右衛門尉の三女の夫で、田堵《たと》という職《しき》をもっている。田堵とは、いわば村長のような存在で、自治体がもつ田畑の耕作を請け負い、農民たちを雇って作業を進め、納税まで担う。田中豊益は、その名が示すとおり農業経営の達人で、理想的な田堵として描かれており、田堵という重要な存在を知る上でも貴重なサンプルとなっている。

COLUMN

田中豊益のどこがすごいのか?

田中豊益は、水害などに対する備えも万全で、使役する労働者に対してもねぎらいを忘れず、稲の収穫量は年々増加し、畑の作物も順調、常に豊作で、国司《こくし》（地方官）が派遣する監視役の接待も嫌がらず、納税（賦役《ぶえき》）も漏れがない、といいことずくめである。まさに支配層である貴族から見た理想的な中間管理職なのだ。

温厚篤実な性格で知られた女流歌人

赤染衛門《あかぞめえもん》

生没年不詳

平安中期の歌人。中古三十六歌仙の1人。父は赤染時用《あかぞめときもち》とされるが、母は時用と再婚してまもなく衛門を産んでいるため、前夫の平兼盛《たいらのかねもり》と時用は娘の認知をめぐって争ったという。

赤染衛門（『錦百人一首あづま織』より。国立国会図書館蔵）

早くから宮中入りして藤原道長《ふじわらのみちなが》の正室・倫子《みちこ》に仕えた。大江為基《おおえのためもと》と恋愛ののち、その従弟・大江匡衡《まさひら》と結婚。夫の任地である尾張国《おわり》（愛知県西部）に2度下向し、数人の子をもうけた。匡衡は学者の血筋で有名な大江氏にふさわしい人物で、漢詩にも通じた才人であった。

夫婦は仲睦まじく、衛門は良妻賢母として知られた。仏教説話集『今昔物語《こんじゃくものがたり》』には、病気の息子を心配する衛門のエピソードが書かれている。

いつしか倫子とともに中宮彰子《ちゅうぐうあきこ》にも仕え、紫式部《むらさきしきぶ》の同僚となっている。式部は衛門のことを「風格があり、こちらが恥ずかしくなるほどの詠み手」と評した。漢詩にも通じ、詠む歌は温厚な人柄が表れたものが多い。

寛弘《かんこう》9（1012）年、夫が亡くなると出家したというが、倫子や彰子のもとには通い続けている。それだけ信頼の厚い女性だったのだろう。

COLUMN

姉妹のために恋を詠む

和歌では小倉百人一首《おぐらひゃくにんいっしゅ》にも選ばれた次の歌が有名だが、これは男性を待つ姉妹に代わって詠んだものという。「やすらはで　寝なましものを　さ夜ふけて　かたぶくまでの　月を見しかな」（ぐずぐずとあなたの訪問を待ったりせず寝てしまえばよかったのに、夜が更けて西の山に傾いていく月を見てしまいました）。

化け物退治衆の頭として有名な武人

源頼光

みなもとの・よりみつ

天暦2（948）年～治安元（1021）年

源頼光（狩野探幽筆「源頼光図」〈部分〉より。東京国立博物館蔵、ColBase）

平安中期の武将。酒呑童子《しゅてんどうじ》などを退治した武勇伝でよく知られるが、実際はまったく違っていた。

父は源満仲《みつなか》といい、鎮守府《ちんじゅふ》将軍の通称で知られた武人であった。諸国の守《かみ》（長官）を歴任したのち、摂津《せっつ》国川辺《かわべ》郡（兵庫県川西市など）で多《た》田荘《だのしょう》という荘園を開き、多田源氏と名乗った。

頼光はその跡を継ぐが、都に出ると居貞《おきさだ》親王（後の三条《さんじょう》天皇）のもとに20年以上出仕し、その間に美濃《みの》国（岐阜県南部）などの国守を歴任している。つまり頼光は、いわゆる受領《ずりょう》階級であり、多くの受領がそうであるように、地方の権益を吸収して大変裕福であった。

頼光は、藤原兼家《かねいえ》・道長《みちなが》親子など、摂関家への奉仕にその財力を惜しみなく投入した。兼家の新築祝いでは馬30頭を贈り、道長が新御殿を完成させると、屋内の調度品すべてを献上し、それを一目見ようと人垣ができたという。

やがて頼光は、渡辺綱《わたなべのつな》ら頼光四天王と呼ばれる従者とともに酒呑童子などを退治する豪傑として有名になるが、信頼できる史料上での頼光は、むしろ優れた能吏として書かれているのだ。

COLUMN

都の怠惰な生活が頼光をダメにした？

渡辺綱《わたなべのつな》ら四天王を従え、酒呑童子や土蜘《つちぐ》蛛《も》といった化け物を退治する英雄となった頼光だが、仏教説話集『今昔物語《こんじゃくものがたり》』には、居貞親王から狐を射るよう命じられた頼光が、射撃の腕が衰えたのでこれを固辞する姿が描かれている。もともと武勇に優れた頼光だが、都での生活で腕が鈍ってしまったのでは、という見解もあるようだ。

戦わずして反乱を鎮圧した河内源氏の祖

源 頼信

みなもとの・よりのぶ

安和元（968）年～永承3（1048）年

平安中期の武将。源満仲《みつなか》の子で頼《より》光《みつ》の異母弟。兄の頼光と同様、京で武官として務める一方で諸国の受《ず》領《りょう》（長官）を歴任し、摂関家のために多額の寄付をしていた。ただ、頼信の場合は盗人捜索のために源満政《みつまさ》（経基《つねもと》の次男）らとともに招集されるなど、武力を見込まれての仕事にも就いている。

そんな頼信の武名を一気に高めたのが、万寿《まんじゅ》5（1028）年にぼっ発した平忠常《たいらのただつね》の乱であった。忠常は上総《かずさ》国や下総《しもうさ》国（千葉県の北部・中部）などに君臨していた豪族で、受領と対立して反乱を起こした。追討軍が派遣されるものの鎮圧に失敗、そこで頼信に白羽の矢が立てられる。しかし忠常は、頼信が派遣されることを知ると戦わずして降伏した。

源頼信（『本朝百将伝』より。国立国会図書館蔵）

その理由は、「頼信と忠常は以前に主従関係を結んでいたから」などといわれてきたが、近年では疑問も呈されている。忠常は投降後、連行中に病死するのだが、頼信の派遣を知ったときにはすでに病状が悪化していたのでは、といった説もある。いずれにしても頼信は「戦わずに賊を従えた英雄」として、大いに名声を得たのであった。

COLUMN

頼信から続く河内源氏の系譜

頼信は、河内国（大阪府東部）の国守となったのを機に根を下ろし、河内源氏と呼ばれる系統の祖となる。父・満仲の系統である多田源氏は、摂津源氏（祖は頼光）と河内源氏に分かれることとなった。この河内源氏からは、源（八幡太郎）義家など武名高い英雄が数多く輩出され、やがてその嫡流（本家）から源頼朝が登場する。

関東で反乱を起こした軍事貴族

平忠常

たいらの・ただつね

康保4（967）年～
長元4（1031）年

平安中期に上総《かずさ》国・下総《しもうさ》国（千葉県北部・中部）を中心に大きな勢力を誇った軍事貴族。「平忠常の乱」の首謀者として知られる。

忠常は、源頼信《みなもとのよりのぶ》が常陸《ひたち》国（茨城県）の国司《こくし》だったときに対立するが、戦に敗れて頼信に臣従した。

それから10年ほどを経た長元《ちょうげん》元（１０２８）年、忠常は安房《あわ》国（千葉県南部）の国府を襲撃し、国守の平惟忠《これただ》を焼き殺した。中央政府は平直方《なおかた》という軍事貴族を派遣するも、鎮圧に失敗。あらためて源頼信が任じられた。忠常は戦わずして降伏し、護送中に死去した。この戦により、房総半島は相当な被害をこうむったという。

乱の背景には、関東全域において血で血を洗う抗争を繰り広げていた武家平氏の内紛、という要素も強かったとされる。

護送中に野上で死去した平忠常の墓（関ケ原町）。しゃもじ塚と呼ばれている

母の嘆きを背に宋へ渡った僧

成尋

じょうじん

寛弘8（1011）年～
永保元（1081）年

平安時代後期の天台《てんだい》宗寺《じ》門《もん》派の僧。父は不明ながら、父方は藤原氏、母方は源氏と血筋は確かであった。母により7歳で仏門に入れられ、修行に励んで大いに出世した。そんな成尋は、いつしか宋《そう》に渡ることを夢見るようになる。そして延久《えんきゅう》４（１０７２）年、母の猛反対を押し切って宋へ渡った。

宋の朝廷は成尋の修行を許可する。夢にまでみた聖地で、成尋は幾度も涙した。さらに、首都開封《かいふう》で皇帝神宗《しんそう》への謁見も許された。このとき神宗は、成尋に雨ごいの祈禱《きとう》を要請し、成尋はこれを成功させたという。しかしこれらは宋側の記録にはない。

その後、成尋は弟子２人とともに宋に残り、ほかはみな日本へ帰った。成尋は天台山での修行を続け、皇帝神宗に近侍した。そして開封の寺院で死去した。

成尋『参天台五台山記』（早稲田図書館蔵）

藤原道長を感心させた説法の達人

覚運《かくうん》

天暦7(953)年〜
寛弘4(1007)年

平安中期の天台《てんだい》宗の僧。父は藤原貞雅《ふじわらのさだまさ》(南家)という中級貴族で、覚運は比叡山《ひえいざん》に登ると座主《ざす》の良源《りょうげん》に弟子入りし、真言《しんごん》密教も学んだ。

藤原道長《みちなが》との交流が深く、道長主催の法会によく招聘《しょうへい》されたという。寛弘《かんこう》2(1005)年には、一条《いちじょう》天皇に法華経《ほっけきょう》の注釈書を伝授した功績により権大僧都《ごんのだいそうず》に任じられている。僧都は僧《そう》正《じょう》に次ぐ位で、権は仮、または次官という意味となる。また同年、天皇の無病息災を祈る最勝会《さいしょうえ》で講師を務めた際には、その説法の素晴らしさに道長が強い感銘を受けたという(本人の日記より)。

比叡山東塔《とうどう》の檀那《だんな》院に住んだことから、覚運の学派は檀那流と称され、西塔《さいとう》の源信《げんしん》の学派である慧心《えしん》流とともに天台学派の双璧をなした。死後、天皇の命により最上位の僧正に任じられた。

檀那院覚運の墓(覚運廟。比叡山東塔。大津市)

大僧正まで上りつめた延暦寺の僧

覚慶《かくけい》

延長6(928)年〜
長和3(1014)年

平安中期の天台《てんだい》宗の僧。祖父は公卿《くぎょう》(従三位大納言《じゅさんみだいなごん》)の平伊望《たいらのこれみち》、父は従四位下《じゅしいげ》大和守《やまとのかみ》の平善理《さねもち》と記録にあるので、中流以上の貴族の家系となる。

比叡山《ひえいざん》入りすると座主《ざす》の良源《りょうげん》に師事し、応和《おうわ》3(963)年に天台宗と法相《ほっそう》宗が激論を交わした「応和《おうわ》の宗論」では、東大寺の僧と論戦を繰り広げた。

藤原道長《みちなが》とは良好な関係にあり、天皇や道長の命により、たびたび宮中に招かれて法要を営んだ。

僧としても順調に昇進し、長徳《ちょうとく》4(998)年には天台座主に就任する。長保《ちょうほう》2(1000)年には僧位《そうい》の最高位となる大僧正《だいそうじょう》となるが、翌年には辞職している。

晩年も道長らと関係を保ち、寛弘《かんこう》元(1004)年には、道長が延暦寺を訪れたことを大いに喜んだことが日記に書かれている。

京都から見た比叡山

これだけは知っておきたい！ 平安時代の用語解説

【位階《いかい》】

律令により貴族や官人《かんにん》（役人）には、最上位の正一位《しょういちい》から少初位下《しょうそいのげ》まで30階に分かれた、いずれかの位が与えられた。親王には別に一品《いっぽん》から四品《しほん》までの4階があった。


【官位相当《かんいそうとう》の制《せい》】

位階に応じた官職に任命される制度。中央では正三位《しょうさんみ》なら大納言《だいなごん》、従五位下《じゅごいのげ》なら少《しょう》納言、地方では従五位上《じゅごいのじょう》が大国《たいこく》、従六位下《じゅろくいのげ》なら下国《げこく》の国司《こくし》が相当とされた。


【公卿《くぎょう》】

律令制による太政官《だいじょうかん》（国政を統轄し、現在の内閣にあたる）の最高幹部公《こう》（太政大臣《だいじょうだいじん》、左《さ》・右《う》大臣）と卿《けい》（大《だい》・中納言《ちゅうなごん》、参議《さんぎ》および三位《さんみ》以上の貴族）の総称。上達部《かんだちめ》・雲上人《うんじょうびと》とも呼ばれた。


【蔵人《くろうど》】

天皇に近侍して機密文書を扱う蔵人所《くろうどどころ》の職員。大同《だいどう》5（810）年、蔵人頭《くろうどのとう》とともに令外官《りょうげのかん》として設置された。当初は定員6名、のち8名となり、五位蔵人2名、六位蔵人6名で構成された。


【後宮十二司《こうきゅうじゅうにし》】

後宮は天皇と后妃やその子の居所。内裏《だいり》の七殿《しちでん》（弘徽《こき》殿・承香《じょうきょう》殿など7つの建物）、五舎《ごしゃ》（飛香《ひぎょう》舎・凝花《ぎょうか》舎など5つの建物）が該当する。律令（後宮職員令）によれば、宮中には内侍司《ないしのつかさ》・蔵司《くらのつかさ》・書司《ふみのつかさ》・薬司《くすりのつかさ》・兵司《つわもののつかさ》・闈司《みかどのつかさ》・殿司《とのもりつかさ》・掃司《かもりづかさ》・水司《もいとりのつかさ》・膳司《かしわでのつかさ》・酒司《みきのつかさ》・縫司《ぬいのつかさ》の12の官司《かんし》（役所）があり、七殿五舎のいずれかに女官たちは勤務していた。


【五畿七道六十六国二島《ごきしちどうろくじゅうろっこくにとう》】

律令による日本の地方行政区分。延喜式《えんぎしき》（10世紀）では、全国（北海道と沖縄地方を除く）は五畿七道《ごきしちどう》（五畿は近畿地方の5国、七道は北陸道など七つの地方）に区分され、66国2島（壱岐《いき》・対馬《つしま》）があった。


【国衙《こくが》・国司《こくし》】

国衙は国庁《こくちょう》ともいい、正庁を中心とした官衙群（建物）のこと。令制により諸国に設置された政庁で、中央から派遣された国司《こくし》が常駐し政務にあたった。国衙の所在地が国府《こくふ》。

国司は四等官である守《かみ》、介《すけ》、掾《じょう》、目《さかん》で構成され、その下に史生《ししょう》、博士《はかせ》、医師などが置かれていた。


【散位《さんい》】

「さんに」とも。散官《さんかん》、散班《さんぱん》ともいう。令制において、位階だけがあって、官職のないこと。また、その人。三位《さんみ》以上で摂関《せっかん》、大臣、大《だい》・中納言《ちゅうなごん》、参議《さんぎ》のどの職にもついていない者を指す場合もある。


【四等官《しとうかん》】

律令官制では、中央・地方の各役所の幹部は4等級に分かれていた。長官《かみ》・次官《すけ》・判官《じょう》・主典《さかん》で、読みは同じだが漢字は各役所で異なる。


【昇殿《しょうでん》】

内裏の清涼殿《せいりょうでん》の殿上間《てんじょうのま》（殿上人の控え室で会議も開かれた）に昇ること。勅許が必要で、昇殿を許された者（三位以上は原則全員、四位・五位の一部）を殿上人《てんじょうびと》、堂上《どうしょう》人などと呼び、それ以外の地下《じげ》人とは区別された。


【受領《ずりょう》】

国司四等官（守《かみ》・介《すけ》・掾《じょう》・目《さかん》）のうち、実際に任国で行政にあたる国司の筆頭者を指す。


【大国《たいこく》・上《じょう》国・中《ちゅう》国・下《げ》国】

令制では、行政単位である国を管掌郡数・戸口数（人口）などにより四等級に区分した。延喜式《えんぎしき》（10世紀）によると、全国66国2島（壱岐・対馬）を、大国《たいこく》（大和《やまと》国など13国）、上《じょう》国（山城《やましろ》国など35国）、中《ちゅう》国（安房《あわ》国など11国）、下《げ》国（和泉《いずみ》国など7国2島）に分けた。


【太上天皇《だいじょうてんのう》】

大宝《たいほう》律令（701年）によって定められた譲位した天皇のこと。略称は上皇《じょうこう》。院《いん》ともいい、天皇に代わって政務を執ることを「院政《いんせい》」という。

【内裏《だいり》】

天皇の日常の住まいで、儀式や執務などを行った宮殿のこと。禁中《きんちゅう》・禁裏《きんり》・御所《ごしょ》ともいう。平安時代初期には仁寿殿《じじゅうでん》や七殿《しちでん》五舎《ごしゃ》の常寧殿《じょうねい》が使用されていたが、中期(宇多《うだ》天皇)からは清涼殿《せいりょうでん》へと移った。周りには朝堂院《ちょうどういん》など政府の二官八省の官庁が立ち並び、内裏を含めて外周が大垣(築地)で囲われたので、その区画全体を大内裏《だいだいり》、または平安宮《きゅう》と呼んだ。天皇は内裏火災のたびに京中の藤原氏の邸宅に避難したため、そこを里《さと》内裏と呼ぶようになり、11世紀半ばからは里内裏に常住することが多くなった。

【大宰府《だざいふ》】

九州および壱岐《いき》・対馬《つしま》を管轄する地方官庁。現在の太宰府市に置かれ、国の出先機関として外交・海防などにもあたった。長官の帥《そち》以下の四等官(大弐《だいに》・少弐《しょうに》、大監《だいげん》・少監《しょうかん》、大典《だいてん》・少典《しょうてん》)が置かれた。親王が正官である帥《そち》に任じられる場合、権帥《ごんのそち》(令外《りょうげの》官《かん》)が代わって政務を執った。9世紀以降、帥が親王の名誉職化し赴任しなくなると、権帥や大弐《だいに》が事実上の長官となった。権帥と大弐は同時には任じられなくなる。

【天皇《てんのう》の后《きさき》】

律令では天皇の后を皇后《こうごう》・妃《ひ》・夫人《ぶにん》・嬪《ひん》と区別していたが、平安時代以降には中宮《ちゅうぐう》(本来は皇后の別称)・女御《にょうご》(本来は嬪の別称)・更衣《こうい》・御息所《みやすんどころ》・御匣殿《みくしげどの》・尚侍《しょうじ》(本来は内侍司《ないしのつかさ》の最上位女官)・典侍《てんじ》(本来は内侍司《ないしのつかさ》の次官)の地位呼称となった。

【藤氏長者《とうしのちょうじゃ》】

藤原一族の長《おさ》で統率者。氏神《うじがみ》祭祀や氏社寺の管理、氏領荘園や動産の管理、氏の大学である別曹《べっそう》の管理、氏《うじの》の推挙などを行った。

【内侍司《ないしのつかさ》】

後宮内の中心的な役所(後宮十二《じゅうに》司《し》の一つ)で女官のみで構成される。天皇のそばに仕え、奏請《そうせい》・伝宣《でんせん》にあたった。後宮の礼式なども司った。職員として尚侍《しょうじ》(「ないしのかみ」とも。定員2名)、典侍《てんじ》(「ないしのすけ」とも。定員4名)、掌侍《しょう》(「ないしのじょう」とも。定員6名)、女孺《にょじゅ》(「めのわらわ」とも。定員100名)などがあった。

【二官八省《にかんはっしょう》一台五衛府二馬寮三兵庫《いちだいごえふにばりょうさんへいこ》】

律令官制では、中央政府は二官(神祇官《じんぎかん》・太政官《だいじょうかん》)、八省(中務省《なかつかさ》・式部省《しきぶ》など)、一台(正台《じょうだい》)、五衛府(衛門府《えもん》、左《さ》・右衛士《うえじ》府など)、二馬寮(左・右馬寮《めりょう》)、三兵庫(左・右兵庫、内兵庫《ないひょうご》など)。地方は国(国司)、要地には左・右京職《きょうしき》(京)、摂津《せっつ》職(難波《なにわ》)、大宰府《だざいふ》(筑前《ちくぜん》)が置かれた。

【女院《にょいん》】

三后《さんごう》(太皇太后《たいこうたいごう》・皇太后・皇后)や、それに準ずる身位《しんい》(准后《じゅごう》、内親王《ないしんのう》など)の女性に宣下された称号で、上皇《じょうこう》に準ずる待遇を受けた。平安時代中期の一条天皇の生母藤原詮子《あきこ》の「東三条院《ひがしさんじょういん》」が始まり。

【女房《にょうぼう》】

朝廷に仕える女官で一人住みの部屋(房《ぼう》)を与えられた者。出身階級により、地位には上臈《じょうろう》・中臈《ちゅう》・下臈《げ》の別があった。平安時代中期には天皇付きの「上《うえ》の女房」、皇后や中宮に仕える「宮《みや》の女房」といった区別もあった。

【命婦《みょうぶ》】

令制では、五位以上の位階を持つ女官を内《ない》命婦、五位以上の官人《かんにん》の妻を外《げ》命婦といい、朝参(朝廷への参上)を許されていた。平安時代以降、中級の女官の名称となった。

【乳母《めのと》】

実母に代わって乳児に授乳し、養育にあたった女性。平安時代中期以降、貴族を中心に養育に重点が置かれるようになると、乳母の夫(乳母夫)も「傅」と書いて「めのと」と呼ばれるようになった。

【律令《りつりょう》と格式《きゃくしき》】

律令は古代国家の基本法で、養老《ようろう》2(718)年に養老律令が制定された。律は現在でいう刑法にあたり、令は行政組織、役人の服務規程や人民の租税・労役など一般行政に関する決まり。格は律令を補足・修正する単行法令で、式は律令・格の施行細則。

【令外官《りょうげのかん》】

律令に規定のない新設された官職。関白《かんぱく》・摂政《せっしょう》・内覧《ないらん》・内大臣《ないだいじん》・中納言《ちゅうなごん》・参議《さんぎ》・蔵人《くろうど》・検非違使《けびいし》・大宰権帥《だざいごんのそち》・文章博士《もんじょうはかせ》など。

INDEX

三猿舎
日本史を中心とする人文書やムックの編集・制作を行う編集制作会社。出版物、映像作品などの監修・時代考証なども手掛ける。おもな編集制作物に『NHK大河ドラマ歴史ハンドブック』、平山優『新説 家康と三方原合戦』(以上、NHK出版)、『歴史人物名鑑　徳川家康と最強の家臣団』(小社刊)、町田明広編『幕末維新史への招待』(山川出版社)、山本みなみ『史伝 北条義時』(小学館)などがある。

参考文献
『人物で学ぶ日本古代史 3 平安時代編』
米田雄介編『歴代天皇年号事典』(以上、吉川弘文館)
笠原英彦『歴代天皇総覧』(中公新書歴史)
今谷明監修『天皇家の歴史』
『歴代天皇皇后総覧』(以上、新人物往来社)
不二龍彦『歴代の天皇』(学習研究社)
『歴代天皇125代の謎』(洋泉社)
古代学協会 古代学研究所編『平安時代史事典』(角川書店)
山中裕『平安人物志』(東京大学出版会)
服藤早苗・高松百香編著『藤原道長を創った女たち』(明石書店)

企画・編集　三猿舎
執筆　三猿舎、上川畑博、西沢教夫、吉田渉吾
デザイン　川瀬誠
イラスト　さとうただし

歴史人物《れきしじんぶつ》ツアーガイド
誰《だれ》もが知《し》ってて知《し》らない
紫式部《むらさきしきぶ》と平安京《へいあんきょう》の有名人《ゆうめいじん》103

第1刷　2023年11月24日

著　者　三猿舎

発行者　菊地克英

発　行　株式会社東京ニュース通信社
〒104-6224 東京都中央区晴海1-8-12
電話 03-6367-8023

発　売　株式会社講談社
〒112-8001　東京都文京区音羽2-12-21
電話 03-5395-3606

印刷・製本　株式会社シナノ

ISBN978-4-06-534429-3